Das Geheimnis von San Lorenzo

Mystery

Gudrun Leyendecker

1. Auflage 2024

Biografische Information der deutschen Nationalbibliothek: Die Deutsche Nationalbibliothek verzeichnet diese Publikation in der Deutschen Nationalbibliografie; detaillierte biografische Daten sind im Internet über http://dnb.dnb.de abrufbar.

© 2024 Gudrun Leyendecker

Verlag: BoD · Books on Demand GmbH,
In de Terpen 42, 22848 Norderstedt
Druck: Libri Plureos GmbH, Friedensallee 273,
22763 Hamburg

ISBN: 978-3-7597-8393-6

Gudrun Leyendecker ist seit 1995 Buchautorin. Sie wurde 1948 in Bonn geboren.

Siehe Wikipedia.

Sie veröffentlichte bisher circa 100 Bücher, unter anderem Sachbücher, Kriminalromane, Liebesromane, und Satire. Leyendecker schreibt auch als Ghostwriterin für namhafte Regisseure. Sie ist Mitglied in schriftstellerischen Verbänden und in einem italienischen Kulturverein. Erfahrungen für ihre Tätigkeit sammelte sie auch in ihrer Jahrzehntelangen Tätigkeit als Lebensberaterin.

Inhaltsangabe:

Die beiden jungen Frauen Greta und Eliza möchten in diesem Jahr für einige Menschen im Ort den Weihnachtsengel spielen, doch sie ahnen nicht, welche Überraschungen aller Art auf sie zukommen. Ihre Hilfe scheint nicht jedem willkommen zu sein, und plötzlich befinden sie sich in einer mysteriösen Geschichte.

Das Geheimnis

von

San Lorenzo

Roman

Gudrun Leyendecker

Was bisher geschah:

In Italien, nördlich des Gardasees liegt in reizvoller Landschaft der Ort San Lorenzo Dorsino. Ein winziges Königreich, das sich dort im Verborgenen versteckt, sorgte in den vergangenen Jahren für Schlagzeilen, denn die junge Prinzessin Federica wurde aus ihren königlichen Pflichten entlassen, um zunächst einmal ihren eigenen Weg zu finden. Dabei hatte sie mit Anfeindungen und Schwierigkeiten zu kämpfen, bis ihr klar wurde, dass sich ein wesentlicher Teil ihres zukünftigen Lebens im Bereich der Musik abspielen sollte. Nach einer Ausbildung in Venedig lebt sie nun wieder in ihrer Heimat, arbeitet als

Organistin und leitet einen berühmten Kinderchor.

In der Nähe des königlichen Palastes liegt ein kleiner Ort, der durch ein jährlich wiederkehrendes Festritual berühmt geworden ist.

Es findet in einem kleinen See statt, der inmitten des Ortes in einem mit hohen Bäumen bewachsenen Park liegt. Dort leben seit einigen Jahren ein weißer Schwan und seine Schwänin, die sich im Winter, wenn sie nicht gerade auf dem Eis schlafen, gern von den Bewohnern des Dorfes füttern lassen.

Jedes Frühjahr wird ein junges Mädchen ausgesucht, das dem Schwanenpaar zum Weihnachtsfest auf einem beleuchteten, hölzernen Floß eine Festmahlzeit überbringen darf. In diesem Jahr hatte man Maria ausgewählt, die sich von einer Infektion nicht richtig erholt hat. Doch seit sie ausgewählt wurde, um diese feierliche Handlung auszuführen, besserte sich ihr Gesundheitszustand zusehends.

Alle Bürger im ganzen Umkreis von San Lorenzo freuten sich während der Sommer- und Herbst Monate auf das weihnachtliche Schwanen-Ritual.

Doch mitten im November geschah das Unfassbare: Von einem Tag zum anderen waren die Schwäne verschwunden. Alle Menschen ringsumher suchten nach den königlichen Vögeln und rätselten über ihren Verbleib.

Es wurde sehr viel spekuliert. Die Einen überlegten, ob jemand die

Schwäne entführt hatte und Lösegeld verlangen wollte, die Anderen fürchteten gar, man habe sie gebraten und verspeist.

Der Bürgermeister Enrico lud zu einer Versammlung ein, und an diesem Abend sprach man viele Stunden über das schreckliche Ereignis. Auch die kleine Maria war zugegen und hörte sich aufmerksam an, was gerätselt, diskutiert und geplant wurde. Während ein paar Menschen geneigt waren, die Polizei oder Detektive einzubeziehen, nahmen andere Bürger an, dieser Verlust habe eine besondere Bedeutung.

Nach langen Diskussionen ergriff Maria das Wort. „Wir alle wissen, dass uns diese Schwäne nicht nur

Freude gemacht haben, sondern uns auch gezeigt haben, dass die Welt hier noch in Ordnung ist. Schwäne gehören zwar zu den großen Entenvögeln, aber sie sind etwas Besonderes. Auf dem Land bewegen sie sich etwas plump, aber auf dem Wasser bewegen sie sich wie Könige. Ihr weißes Federkleid erinnert uns an Reinheit und Klarheit. Sie sind das Symbol für Treue und ewige Liebe. Auch die Aufzucht der Jungen zeigt, dass sie dieser Aufgabe viel Aufmerksamkeit widmen, denn oft tragen sie ihre Kleinen auf dem Rücken. Trotz ihres majestätischen Aussehens leben sie bescheiden und ihrer Art angemessen in den recht flachen Wassern, in denen sie mit ihrem langen Hals gründeln können, sich einfach und vorwiegend pflanzlich ernähren. So sind sie uns hier in diesem Ort für Vieles ein gutes Beispiel geworden.

Doch nun sind sie verschwunden. Fragen wir uns doch selbst einmal, ob sie vielleicht aus bestimmten Gründen von hier weggegangen sind! Sind wir hier noch der Ort, in dem alles in Ordnung ist? Nehmen wir uns noch ein Beispiel an dem Leben unserer weißen Schwäne? Denkt doch bitte einmal darüber nach!"

Diese Rede verursachte eine große Diskussion, und die Worte der kleinen Maria erreichten viele Ohren, aber auch manche Herzen. Zwei junge Frauen, Eliza und Greta schlossen sich mit dem Bürgermeister zusammen und planten, das diesjährige Weihnachtsfest, zu einem besonderen Erlebnis werden zu lassen, und zwar mit Geschenken für alle Bürger.

Arme und Kranke und alleinstehende Menschen sollten dabei besonders berücksichtigt und mit größeren Geschenken bedacht werden.

Maria verfolgte diese Absichten mit Aufmerksamkeit und begann wieder Hoffnung zu schöpfen. Von diesem Tag an besserte sich auch ihr Gesundheitszustand wieder ein wenig.

Und als man am ersten Advent, das erste Lichtlein entzündete, sagte das kleine Mädchen zu ihren Eltern: „Wenn die Schwäne wirklich fortgegangen sind, dann werden sie sicher nicht weit weg sein. Aus ihrem Versteck heraus können sie beobachten, was hier in der Gemeinde von San Lorenzo passiert, und sicherlich werden sie wieder zurückkommen, wenn die Welt wieder ganz in Ordnung ist."

Die Prinzessin von Lorenzo, Federica, besuchte die kleine Maria und bot ihr eine Musiktherapie an, damit sie bald wieder gesünder werde. Aber das Mädchen lehnte das Angebot ab, mit der Begründung, sie müsse erst einmal Einiges abwarten. „Wenn die Schwäne nicht wiederkommen, werde ich von hier fortziehen, denn dann ist der Ort nicht gut für mich. Wenn sie aber wiederkommen, darf man sich in San Lorenzo wieder wohl fühlen, dann bleibe ich auch. Wenn dein Angebot bis dahin noch steht, möchte ich gern in deinem Kinderchor mitsingen."

Kapitel 1

Ganz in der Nähe des Stadtparkes finden wir ein weiß gestrichenes Mehrfamilienhaus, in dem heute mehrere Bewohner damit beschäftigt sind, sich auf die kommenden Festtage vorzubereiten.

Zwei junge Frauen stehen in der winzigen Küche und befüllen kleine

Pakete mit aromatisch duftendem Weihnachtsgebäck.

Eliza zeigt auf das Backblech. „Du musst schnell zulangen! Gleich habe ich alle Plätzchen in die Tüten gepackt, und du hast bis jetzt noch nicht einmal probiert."

Gretas Wangen leuchten rosig. „Puh! Es ist mir gerade viel zu heiß, und ich weiß nicht, ob das wegen deines gut funktionierenden Backofens oder meiner intensiven Beschäftigung ist. Meinst du nicht, wir sollten uns mal eine Pause gönnen?"

Die Freundin schüttelt den Kopf, und die blonden Zöpfe wippen. „Unmöglich. Diese Päckchen sind für Nikolaus, das ist schon morgen. Schau mal auf die Liste! Wir haben drei Kinder und vier Senioren entdeckt, die wir überzeugen müssen, dass es diesen heiligen Mann gibt. Mit den Weihnachtsüberraschungen können wir uns dann etwas mehr Zeit lassen."

„Der alte Herr Schlumberger hat mir erzählt, dass in dem kleinen Haus am Stadtpark wieder jemand eingezogen ist, eine alte Frau soll es sein. Da könnten wir gleich einmal auf dem Rückweg vorbeischauen und nachsehen, ob diese Dame auch etwas benötigt."

Eliza nickt. „Eine gute Idee. Aber ehrlich gesagt, ich habe es mir einfacher vorgestellt. Dr. Biermann, der hier früher Arzt gewesen ist, stellt sich ziemlich bockig an. Er hat mich ganz kalt an der Tür abgewiesen, als ich ihm die Tüte mit Plätzchen übergeben wollte."

Greta zieht die Augenbrauen hoch und überlegt „Möglicherweise will er lieber selbstständig sein. Mein Onkel Franz ist in einem ähnlichen Alter, er legt auch immer viel Wert darauf, allen zu zeigen, wie gut er sich noch selbst helfen kann, aber die Sache mit den Plätzchen ist schon hart. Das müssen wir unbedingt einmal näher untersuchen."

Auf Elizas Stirn erscheint eine Grübel-Falte. „Ich weiß nur, dass er allein wohnt, vielleicht wird dieser Doktor da ein bisschen kauzig. Oder er ist Diabetiker und darf keine süßen Sachen essen."

Greta greift nach einem Lebkuchen und knabbert daran herum. „Meine

Oma hat mich schon vorgewarnt. Sie meinte, wenn wir den Kindern helfen, werden wir bestimmt viel Spaß haben, aber Leute in ihrem Alter seien manchmal recht komisch."

Ein Schrillen des Küchenweckers kündigt an, dass es Zeit ist, ein weiteres Backblech aus dem Backofen zu holen.

Eliza atmet auf und greift zu den Topflappen. „So, das ist jetzt das Letzte für heute. Vielleicht sind in unserem Ort die Menschen von heute auch viel zu sehr verwöhnt und mögen gar keine selbstgebackenen Plätzchen mehr. Wahrscheinlich muss es etwas Besonderes aus der Konditorei sein."

Der Duft von Weihnachtsgewürzen und frischem Backwerk zieht durch die Küche.

„Wir wollen uns doch nicht entmutigen lassen", beschließt Greta und hilft mit, die Plätzchen zum Auskühlen auf ein Drahtgitter zu legen. „Ein paar Menschen, die nörgeln, gibt es immer, egal was man tut."

Die Tür öffnet sich und eine helle Kinderstimme meldet sich. „Hey, Mama! Das nenne ich mal eine coole und trotzdem heiße Beschäftigung. Darf man schon mal probieren?"

„Zuerst darfst du mal meine Freundin begrüßen, Nina", mahnt Eliza. „Mit deinen dreizehn Jahren solltest du die normale Höflichkeit schon beachten können."

„Mein Jakob ist auch oft so gedankenlos", bemerkt Greta seufzend. „Mir geht es genau wie dir mit meinem manchmal gedankenlosen Sohn. Ist ja auch kein Wunder, wir sind doch quasi beide alleinerziehend nach unseren Scheidungen. Die heile Welt ist an uns eben vorübergegangen."

Das Mädchen blinzelt die beiden Frauen vergnügt an. „Eine heile Welt gibt es nicht. Mit euren fünfunddreißig Jahren solltet ihr das doch inzwischen erkannt haben", fügt sie scherzhaft hinzu.

„Leider", bemerkt ihre Mutter und verzieht das Gesicht. „Aber wenn du schon mal hier bist, kannst du uns auch helfen!" fordert Eliza ihre Tochter in freundlichem Ton auf.

„Ihr seid doch gerade so schön on Tour", behauptet das Mädchen. „Störe ich da nicht?!"

Greta schmunzelt und sieht ihre Freundin vielsagend an. „Die Raffinesse hat sie von dir. Trotzdem haben wir irgendetwas Verrücktes gemacht, denn wir und unsere Kinder leben nicht wie die meisten. Wir passen wohl nicht in die Norm. Viele Familien, die ich kenne, passen richtig gut in ein Klischee, oder?"

„Darüber mache ich mir im Moment gar keine Gedanken", wehrt Eliza ab. „Momentan kommen wir gut miteinander aus, meine Tochter und ich. Das allein ist mir wichtig. Aber im Augenblick interessiere ich mich mehr für unsere Arbeit als Weihnachtsengel."

„Da habt ihr euch eine Menge vorgenommen", findet Nina. „Und es wird euch nicht immer Spaß machen. Die Mutter meiner Freundin hatte neulich viel Ärger, als sie an den Haustüren für den Martinszug gesammelt hat. Die Frauen hatten vor, neue Weckmänner aus gesundem Mehl backen zu lassen. Aber da gab es eine ganze Menge Leute, die sehr böse reagiert haben. Besonders der alte Doktor. Der hat Sabines Mutter die Tür vor der Nase zugeschlagen."

„Über den haben wir eben auch schon gesprochen", berichtet Eliza. „Er wollte unsere Geschenktüte nicht annehmen. Wir sind schon sehr gespannt, wenn wir die neue Mieterin auf der Waldstraße 13 aufsuchen. Hoffentlich empfängt sie uns nicht so unfreundlich."

„Aber dort wohnt doch gar keiner", widerspricht Nina. „Da hat doch seit Jahren niemand mehr gewohnt."

„Herr Schlumberger will aber wissen, dass dort wieder eine alte Frau eingezogen ist", antwortet Greta. „Und woher willst du wissen, dass dort niemand wohnt?"

„Ich war vorhin noch mit Sabine dort, wir sind ein bisschen mit den Rädern herumgefahren. Aber alle Rollladen waren heruntergezogen, und es war keine Menschenseele zu sehen."

„Vielleicht hat sie gerade ihren Mittagsschlaf gehalten", vermutet Greta.

„Möglicherweise lässt sie auch gerade die Zimmer renovieren. Das Haus war lange leer, da hat es sicherlich auch von Innen einen neuen Anstrich nötig", überlegt Eliza.

„Wie auch immer!" Nina verliert das Interesse an diesem Thema. „Also? Womit kann ich euch jetzt glücklich machen?"

Die Mutter drückt ihr eine Tüte in die Hand. „Nimm immer eine schöne Mischung von allen Plätzchen! Aber nur von den Abgekühlten! Und nicht zu viel naschen!"

Kapitel 2

Als Eliza das Haus mit der Nummer 13 entdeckt, stellt sie nachdenklich ihr Fahrrad ab und überlegt, ob sie die Bewohner um diese Zeit noch stören soll. Immerhin ist es schon ziemlich dunkel, und vielleicht geht die alte Dame zeitig ins Bett?

Die sieben Schläge der nahen Kirchturm-Uhr verraten der jungen Frau, dass es bereits neunzehn Uhr ist, und sie zögert immer noch, den Klingelknopf zu bedienen.

Gerade, als sie sich entschieden hat, an einem anderen Tag einen neuen Versuch zu wagen, öffnet sich die Haustür wie von Zauberhand.

Zuerst erkennt sie niemanden in dem dunklen Flur, aber plötzlich leuchtet ein mattes Licht von der Decke her, und Eliza erkennt eine gebückt gehende, ältere Frau.

„Komm herein, Kind!" fordert die ältere Dame ihren Gast auf. „Ich habe dich schon erwartet."

Die junge Frau staunt. Woher weiß diese Frau denn, dass sie die Absicht hat, ihr einen Besuch abzustatten?

„Eigentlich wollte ich hier nicht so spät stören", entschuldigt sich Eliza.

„Es ist noch früh am Abend", wehrt die ältere Dame ab. „Ich bin die Donata und habe vor vielen Jahren hier gewohnt. Danach bin ich nicht mehr so gut allein zurechtgekommen und lebte eine ganze Weile bei meiner Cousine. Aber nun hat mich das Heimweh wieder zurückgeholt. Ich kenne hier jeden im Ort und dich natürlich auch."

„Sie kennen mich?" fragt die junge Frau ungläubig.

Auf dem faltigen Gesicht der älteren Frau erscheint ein Lächeln. „Nun ja, es war ein wenig schwierig, dich wiederzuerkennen. Schließlich warst du damals noch ein kleines Mädchen. Ab und zu habe ich dir einen Schokoriegel geschenkt, wenn es deine Mutter erlaubte. Und da hast du natürlich Du zu mir gesagt. Du brauchst jetzt nicht zu fremdeln. Sag einfach auch jetzt wieder Du zu mir, wie früher." Sie führt Eliza ins Wohnzimmer und bietet ihr einen Platz auf dem altmodischen Sofa an.

„Sicher hast du jetzt eine ganze Menge Fragen an mich", vermutet die ältere Frau und sieht ihren Gast aufmunternd an.

Eliza seufzt. „Ja, tatsächlich. Lebst du jetzt ganz allein in diesem großen Haus? Geht das denn so ganz ohne Hilfe?"

„Aber natürlich, ich komme noch gut zurecht. Trotzdem freue ich mich, wenn du mir wie den anderen Senioren von deinen köstlichen Plätzchen ein paar vorbeibringst. Das wolltest du mich doch fragen, oder?"

Die junge Frau nickt. „Anscheinend hat sich das schon im Ort herumgesprochen. Das finde ich super, dass du davon probieren möchtest. Viele unserer lieben Senioren hier sind da leider sehr zurückhaltend. Ich denke besonders an Dr. Biermann, der häufig recht abweisend sein soll."

„Ach, du meinst den Albert. Er ist nicht der Schlechteste hier im Ort. Seit seine Frau verstorben ist, grummelt er ein bisschen herum. Du wirst ihn schon wieder zum Leben erwecken, und dafür gebe ich dir ein paar Tipps. Wirklich böse ist momentan nur der Roberto, der die Gebrauchtwagen verscherbelt, denn er hat wirklich einiges auf dem Gewissen."

Eliza sieht die ältere Dame verwundert an. „Denkst du, weil er die Autos zu teuer verkauft oder weil er vielleicht mit minderwertigen Fahrzeugen handelt?"

„Wenn es das nur wäre! Aber damit will ich dich jetzt gar nicht belasten. Die Weihnachtszeit sollte eine friedliche Zeit sein, und jetzt will ich dir erst mal helfen, diese unfreundlichen Menschen etwas zu beruhigen. Der Albert Biermann scheint momentan deine größte Sorge zu sein. Wusstest du auch, dass er früher einmal Künstler werden wollte?"

„Nein, davon weiß hier niemand etwas. Und warum ist er es nicht geworden?"

„Er hatte eine große Familie, für die er sorgen musste. Als später seine Frau schwer krank wurde, gab er alles Geld dafür aus, um ihr helfen zu können. Aber sie wurde trotzdem nicht wieder gesund."

„Das ist wirklich sehr traurig", findet Eliza. „Dann ist er nur so mürrisch, weil er seine Frau vermisst?"

„Er ist auch ein bisschen wütend auf sie, denn sie hat heimlich Geld beiseitegeschafft, um ihm nach ihrem Tod eine Überraschung zu bereiten."

„Jetzt bin ich aber neugierig", bekennt die junge Frau.

„Sie hat einen großen Marmorblock aus Italien bestellt, der nach ihrem Ableben zu ihm geliefert wurde, denn den hatte sie bereits gekauft. Er ist nämlich mit seiner ganzen Leidenschaft ein Bildhauer, aber er hat sich immer nur um die Familie und seine Frau gekümmert."

Eliza nickt. „Ich ahne es. Und jetzt ist er wütend, weil sie das ganze Geld für ihn ausgegeben hat. Vermutlich denkt er jetzt, dass er mit diesem Wert noch viele Medikamente hätte kaufen können. Er wird sich überlegen, ob sie nicht mit irgendwelchen teuren Ärzten im Ausland gesund geworden wäre. Stattdessen sparte sie das Geld heimlich für seinen Marmorblock."

„Genauso ist es. Deswegen steht dieser Marmorblock auch seit drei Jahren völlig unberührt auf seiner Terrasse. Er hat noch nichts damit angefangen."

„Oh, das ist wirklich übel", findet Eliza. „Es würde seiner Frau bestimmt große Freude machen, wenn er endlich anfangen würde, daraus etwas zu zaubern. Aber wenn er immer noch mit dem Schicksal hadert, wird er noch keine Kraft haben, irgendetwas zu schaffen."

„Richtig, das hast du gut überlegt. Und deswegen solltest du dich nicht damit zufriedengeben, wenn Albert dich mit deinen Plätzchen wieder zurückschickt. Er ist nicht der Typ, der gern etwas annimmt, und nach diesem Schicksalsschlag sowieso nicht. Aber er ist ein sehr hilfsbereiter Mensch, und von dieser Seite könntest du ihn wirklich packen. Ich habe gehört, dass du auch viele Überraschungen für die Kinder planst, sogar für Weihnachten. Dieser Albert ist handwerklich sehr begabt, das kannst du dir bestimmt vorstellen."

„Ja, das kann ich. Wenn einer imstande ist, aus einem großen Steinblock, eine Figur herauszuarbeiten, dann muss er auch ganz besondere Hände haben, viel Geschick und sogar ein bisschen Kraft. Hat er denn noch die körperliche Energie?"

„Bestimmt. Weil er sich von niemandem helfen lassen will, macht er noch alles allein in seinem großen Haus. Das hält ihn natürlich fit."

Eliza überlegt. „Du meinst also, ich könnte mich mit ihm über Michelangelo unterhalten und könnte ihn damit ein wenig auftauen?"

„Michelangelo war zwar einer der größten Bildhauer, aber seine

Lieblinge sind Canova und Andrea Calamech", berichtet Donata.

Die junge Frau staunt. „Woher weißt du das alles. Kennst du ihn so gut?"

Die ältere Frau lächelt. „Nein, aber ich habe seine Frau gut gekannt, und die hat mir einiges über ihn verraten. Doch ich denke, du könntest Mittel und Wege finden, ihn über die Bildhauerei anzusprechen."

„Ich werde mir etwas überlegen. Weißt du etwa über andere Leute genauso viel?"

Donata nickt. „Ja, früher lebten die Menschen nicht so isoliert wie heute. Stattdessen traf man sich auf der Straße oder beim Einkaufen auf dem Markt. Wenn du willst, kann ich dir mehr über deine Leutchen erzählen. Am besten besuchst du mich immer so wie heute, wenn es dunkel ist. Dann wirst du mich meist antreffen."

Elizas Augen leuchten. „Das mache ich gern. Hast du denn auch einen besonderen Wunsch, den ich dir erfüllen kann?"

„Den verrate ich dir dann ein anderes Mal. Und jetzt sieh zu, dass du bald nach Hause kommst. Die Luft riecht nach Schnee, und es könnte auch ein wenig stürmisch werden."

Die junge Frau bedankt sich und verabschiedet sich von ihrer Gastgeberin. „Bis bald, und ich bin sehr froh, dass du mir helfen wirst."

Kapitel 3

„Ich habe inzwischen schon die Suppe aufgewärmt", begrüßt Nina ihre Mutter, die sich gerade den Mantel auszieht und die Hände reibt. „Wie schön", freut sich Eliza. „Ich gehe nur noch ins Bad, und dann können wir essen."

„Du warst ziemlich lange fort", ruft das Mädchen hinter der Badezimmertür. „Wo warst du denn so lange?"

„Ich war an dem schon lange leerstehenden Haus am Park und

habe die ältere Dame angetroffen, die wieder zurückgekommen ist. Sie heißt Donata und ist sehr liebenswürdig. Tatsächlich wird sie mir helfen, den Kontakt zu den Menschen herzustellen, die sich bisher weigern und distanziert verhalten."

Nina klopft auf die Tür. „Das kann gar nicht sein, Mama. Ich habe vorhin mit meiner Freundin gesprochen, und ihre Mutter arbeitet im Ort als Briefträgerin. Die weiß ganz genau, dass dort niemand wohnt. Das Haus steht leer, und die Läden sind alle herunter. Vielleicht hast du ja bei einer Nachbarin geklingelt."

Im Badezimmer fließt Wasser, kurz darauf tritt die Mutter heraus. „Nein, Liebes! Es war die Hausnummer 13, und ich habe nicht geträumt. Die freundliche alte Dame hat mir die Tür geöffnet und mich hereingebeten."

Das Mädchen lacht. „Jetzt willst du mich aber ganz schön verschaukeln. Seit wann soll das Haus denn wieder bewohnt sein?"

Eliza überlegt. „Das ist noch nicht so lange her! Sicher weiß die Briefträgerin noch nichts davon. Ich habe mir diese Begegnung schließlich nicht eingebildet. Du kannst gern einmal mit mir dorthin gehen, dann kannst du diese nette ältere Dame mal kennenlernen. Sie hat mir auch weiterhin ihre Hilfe angeboten."

Nina holt die Suppe aus der Küche und bringt sie in die Ess-Ecke des

Wohnzimmers, während die Mutter Teller und Besteck aus der Anrichte räumt und den Tisch damit deckt.

Das Mädchen legt Papier-Servietten dazu. „Die Frau möchte ich gern mal kennenlernen. Vielleicht ist sie ja ein Geist oder eine Hexe."

Eliza lächelt. „Du hast ziemlich viel Fantasie, aber das ist auch gut so. Bewahre sie dir, denn du siehst ja, welche guten Noten das dir in der Schule im Fach Deutsch einbringt. Donata weiß über alle Einwohner dieses Städtchens etwas zu erzählen. Sie hat wohl früher viele Jahre lang hier gewohnt und einen guten Kontakt zu all ihren Mitbürgern gepflegt."

Nina grinst. „Heute hat jeder sein Tablett oder Handy, damit kann man auch ganz schön allein beschäftigt sein."

Beide freuen sich an der duftenden Suppe. „Ich glaube, du hast noch etwas nachgewürzt", bemerkt die Mutter. „Hast du wieder etwas von deinen selbstgezogenen Kräutern verwendet?"

„Ja, der Liebstöckel hat einen starken Eigengeschmack, und frisch schmeckt am besten. Leider habe ich kein gutes Händchen mit dem Basilikum. Trotz einer Pflegeanleitung macht er mir nur selten Freunde."

„Ich werde Donata einmal fragen. Sie ist doch schon sehr alt, auch wenn sie sich noch recht jung gibt. Möglicherweise hat sie dieses Kraut in ihrer Kindheit noch im Garten gezüchtet. Im Augenblick ist das Grundstück ziemlich verwildert."

„Dann wird sie mir sicher einiges über Kräuter verraten können", hofft das Mädchen. „Hat sie dir irgendwelche anderen Geheimnisse verraten?"

Die Mutter berichtet von ihrem Gespräch über Albert Biermann. „Und dann machte sie noch ein paar merkwürdige Andeutungen über unseren Autohändler."

Nina staunt. „Was soll denn mit ihm sein? Bis jetzt ist nichts Nachteiliges über ihn bekannt. Ja gut, seine Autos sind nicht gerade billig. Aber ich kenne einige Freunde, die bei ihm ein Auto erworben haben, und es läuft alles ganz normal. Natürlich hat man bei jedem Gebrauchtwagen auch mal mit Reparaturen zu rechnen. Aber bis jetzt hat sich noch keiner übervorteilt gefühlt."

„Mir ist auch nichts bekannt", stimmt die Mutter zu. „Donata weiß offensichtlich mehr über ihn. Ich kann mir nicht denken, dass er irgendetwas verbrochen hat. So etwas hätte sich doch in unserem kleinen Ort längst herumgesprochen."

Das Mädchen atmet tief. „Jetzt hast du mich auch neugierig gemacht. Ich hätte gute Lust, diese Donata jetzt einmal aufzusuchen."

„Dazu ist es jetzt zu spät", weiß Eliza. „Die alte Dame hat mich gebeten stets so gegen 19:00 Uhr bei ihr vorbeizuschauen, wenn ich ihre Hilfe benötige."

„Das hört sich merkwürdig an. Gut, vielleicht geht sie früh schlafen. Aber was macht sie tagsüber. Das Ganze ist sehr rätselhaft. Kann es sein, dass sie vielleicht woanders wohnt, und dort manchmal heimlich ausreißt? Vielleicht lebt sie in einem Seniorenheim, und man hat dort noch gar nicht bemerkt, dass sie täglich ihr altes Haus besucht. Möglicherweise lebt sie aber auch bei ihren Verwandten, und verlässt dort für eine kurze Zeit ihre Betreuer. Ist sie vielleicht dement?"

„So etwas kann man schlecht beurteilen, jedenfalls nicht nach unserem kurzen Zusammentreffen. Menschen mit dieser Krankheit haben ja oft noch ein gutes Langzeitgedächtnis. Und von den

Dingen, die früher geschahen, weiß sie offenbar noch sehr viel."

„Falls das alles überhaupt stimmt", wendet Nina ein. „Kann es nicht sein, dass diese ganzen Geschichten nur ihrer Fantasie entspringen?"

„Das kann ich mir nicht vorstellen. Donata wirkt weder körperlich gebrechlich, noch spricht sie so, dass man eine Verwirrung spürt. Ehrlich gesagt bin ich auch froh, sie getroffen zu haben."

Das Mädchen grinst. „Ich kann mir schon denken, warum. Du hast deine beiden Omas nie kennengelernt, und jetzt findest du eine Ersatz-Omi."

„Nein, das ist es nicht, obwohl sie wirklich sehr nett ist. Greta und ich, wir sind ein bisschen enttäuscht wegen der Misserfolge unserer Vorhaben."

Nina sieht ihre Mutter erstaunt an. „Wieso das? Ihr habt so viele schöne kleine Geschenke hergestellt, selbst gebastelt, die Plätzchen gebacken und Vieles mehr. Das ist doch schon einmal ein großer Erfolg."

„Es gibt zu viele Menschen, die sich gar nicht mehr beschenken lassen wollen, und viele, die es verlernt haben, Kontakt mit anderen Menschen zu gestatten. Und nicht nur bei den älteren Leuten. Auch bei den jüngeren Menschen ist mir aufgefallen, dass viele Personen misstrauisch sind."

„Und da meinst du, wird dir diese alte Dame helfen können?"

Eliza legt Löffel zur Seite. „Diesen Eindruck habe ich bis jetzt. Und du kannst mir dabei helfen, wenn du Zeit hast. Ich brauche ganz viel Informationen über unsere italienischen Bildhauer."

„Da kann ich auch nur für dich im Internet nachschauen, denn so weit sind wir in der Schule noch nicht, wie du dir denken kannst."

Die Mutter schmunzelt. „Ich weiß. Aber ich weiß auch, dass du dich sehr für Kunst interessierst, weil du so gerne malst. Einige deiner großen Vorbilder waren eben auch Bildhauer, und da besteht schon eine große Verbindung."

„Mein Lieblingsmaler ist Giorgione, das weißt du doch, Mama", sagt das Mädchen mit Überzeugung.

Eliza lächelt. „Ich bin im Bilde. Dein Lieblingsgemälde, „die schlafende Venus" hängt bei den „alten Meistern" in Dresden. Aber wir werden bald einmal nach Venedig fahren, das ist nicht ganz so weit. Dort hängt mein Lieblingsbild in der Accademia, „das Gewitter"."

Nina schmunzelt. „Natürlich, du liebst es immer dramatisch. Diese düstere Stimmung auf diesem Bild, kontrastiert ganz großartig mit der träumerischen, entspannt dasitzenden Frau, die ihr Baby stillt."

Eliza lehnt sich zurück. „Mein Hunger ist jetzt auch gestillt. Und wenn ich die Spülmaschine eingeräumt habe, werde ich mir einen Plan zurechtlegen, wie ich diesen

Biermann am besten in ein Gespräch verwickeln kann."

„Du musst gar nicht die alten Meister bemühen", findet Nina. „Du bastelst doch jetzt mit Greta auch einige Dinge aus Holz. Nimm einfach ein Stück davon mit und frag ihn, wie man etwas daraus schnitzen kann. Donata hat behauptet, er sei hilfsbereit, und beim Schnitzen muss man ähnliche Dinge beachten wie bei der Bildhauerei."

Eliza freut sich. „Das ist eine Super-Idee. Ich sage ihm einfach, dass ich ein paar Sachen für die Weihnachtsverlosung brauche. Und dann kann er gar nicht Nein sagen."

Kapitel 4

Der dunkle Tag erinnert an den vergangenen November. Eliza schaut auf die Kirchturmuhr. Der kleine Zeiger steht auf der vier, der große auf der zwei, das ist eine gute Zeit, um Besuche zu absolvieren, findet die junge Frau. Mutig drückt sie auf den Klingelknopf, unter dem der Name Dr. Biermann steht.

Sie muss eine ganze Weile warten, bevor sie Schritte hört, und endlich wird die Tür geöffnet, allerdings nur einen Spalt breit.

Eliza sieht in ein unfreundliches Gesicht, und der Ton, den der Mann ihr gegenüber nun anschlägt, klingt auch nicht besser.

„Ich gebe nichts und ich nehme nichts", sagt er unwirsch.

Die junge Frau seufzt leise. „Ich nehme weder Geld, noch bringe ich Ihnen die üblichen Weihnachts-Plätzchen, die gerade jetzt zur Adventszeit verschenkt werden. Ich brauche nur ganz dringend Ihre Hilfe."

„Die Betrüger denken sich doch immer wieder neue Maschen aus", klingt es böse aus seinem Mund. „Kennen Sie nicht die Enkeltricks und all die anderen hässlichen Betrugsmaschen, mit denen besonders die Senioren geprellt und ausgeraubt werden."

„Doch, ja, und ich finde das auch schrecklich und gemein. Überall wird davor gewarnt, im Fernsehen, im Radio und bei der Polizei, und das zu Recht. Aber ich wohne hier im gleichen Ort, in diesem Dorf, in der Gemeinde von San Lorenzo. Ich habe auch meinen Personalausweis dabei, und Sie können den Bürgermeister fragen, wer ich bin. Denn der wohnt gleich zwei Häuser neben Ihnen und hat mir und meiner Freundin die Betätigung als Weihnachtsengel erlaubt."

Sein Blick ruht immer noch misstrauisch auf ihr. „Also wollen Sie bei mir doch etwas abstauben oder mir irgendetwas Unerwünschtes vorbeibringen", beharrt er.

Sie schüttelt den Kopf und hält ihm den Personalausweis entgegen. „Wirklich nicht. Wir basteln etwas für die Weihnachtstüten, die wir einigen Kindern zum Weihnachtsfest schenken wollen."

„Was habe ich damit zu tun?!" entgegnet er brummend. „Wollen Sie hier vielleicht vor meiner Tür eine Bastelbude aufbauen?"

„Nein, wir erledigen unsere Arbeiten schon bei uns zu Hause, in der Küche, oder im Keller, falls wir einen besitzen. Aber uns fehlt es am Know-how, denn wir sind noch ziemlich jung, Greta und ich, und haben uns bis jetzt noch nicht so sehr mit Holzarbeiten beschäftigt. Da kann man so schnell etwas falsch machen. Und das gute Holz muss dann dran glauben."

„Schuster bleib bei deinem Leisten, heißt es doch so schön. Warum basteln Sie nicht das, was Sie können. Puppen vielleicht."

„Natürlich spielen glücklicherweise in der heutigen Zeit auch Jungen mit Puppen, damit sie sich für später auf eine Familie vorbereiten können. Aber nicht jedes Kind, egal ob Mädchen oder Junge, will ständig nur mit Puppen spielen. Wir hatten daran gedacht, auch ein paar Tiere zu schnitzen."

„Ich sehe noch kein Pflaster an Ihren Fingern. Wahrscheinlich haben Sie es noch nicht einmal versucht", zischt er.

„Ich bin sparsam erzogen worden", bekennt sie. „Ein schönes Stück Holz, das von mir malträtiert oder möglicherweise sogar unbrauchbar gemacht wird, tut mir einfach leid."

Dr. Biermann runzelt die Stirn. „Ob ich Ihnen das jetzt glauben soll?! Wahrscheinlich binden Sie mir hier einen Bären auf, damit ich dann doch mein Portmonee aufmache, und etwas für die Kinder stifte."

Jetzt seufzt sie laut. „Natürlich haben wir nicht Nein gesagt, wenn uns in dieser Kampagne jemand mit Geld unter die Arme gegriffen hat. Davon haben wir dann Material gekauft oder auch Kleinigkeiten, die man nicht selbst basteln kann. Aber von Ihnen möchte ich wirklich nur ein paar Tricks zum Schnitzen wissen."

Er sieht auf die Tüte, die sie in der linken Hand hält. „Und darin haben Sie Holz und dachten, Sie könnten mich gleich überrumpeln."

„Ich hatte das Holz mitgebracht, weil ich dachte, Sie könnten mir sagen, ob es sich eignet."

Dr. Biermann kneift die Augen zusammen. „Was für ein Holz haben Sie denn da schon leichtsinnigerweise eingekauft?"

„Es ist Balsa- Holz. Damit kann man sehr viel anfangen. Es ist sehr schön leicht, und die kleinen Kinder können sich damit fast nicht verletzen, wenn sie sich damit bewerfen. Außerdem ist es sehr weich und lässt sich gut schnitzen."

„Es ist nicht für alles zu gebrauchen", fährt er in unfreundlichen Ton fort. „Manche Sachen müssen stabil und hart sein. Aber sie reiten wohl auf der weichen Masche. Vermutlich gehören sie zu den Leuten, die den Kindern alles erlauben."

Sie sieht ihn mit großen Augen an. „Für Kinder und Erwachsene gibt es ganz natürliche Grenzen, und die muss man eben akzeptieren. Aber man muss auch nicht mehr Verbote als notwendig aussprechen, der Schuss kann auch manchmal nach hinten losgehen. Bei meiner Tochter funktioniert meine Erziehung ganz gut, ich kann mich nicht beklagen. Sie ist ein liebenswertes und vernünftiges Mädchen und hat schon ganz gut begriffen, wie es in dieser Welt läuft."

„Dann basteln Sie doch mit Ihrer Tochter oder Ihrem Mann. Wozu belästigen Sie mich denn dann?"

„Meine Tochter malt am liebsten, das ist eine ganz andere Sache, und der Maler Giorgione ist ihr Vorbild. Aber mit einem Mann kann ich hier nicht aufwarten, denn ich bin geschieden."

„Typisch!" sagt er abfällig. „Diese jungen Leute von heute. Selbst in der Partnerschaft findet man die Wegwerfgesellschaft wieder. Kaputt und neu, so heißt es doch heute. Ehe wird doch heutzutage nicht mehr ernst genommen."

„Da mag es einige Leute geben, bei denen das zutrifft", stimmt sie ihm teilweise zu. „Und auch mit der Wegwerfgesellschaft haben sie nicht ganz unrecht. Da gibt es viele Menschen, die leichtsinnig mit den Ressourcen dieser Erde umgehen. Aber die Ehe als Einrichtung ist für die Menschen von heute sehr schwer."

Er sieht sie aufmerksam an. „Warum soll eine Ehe für die Menschen von heute schwerer sein als früher?"

„Zum einen hat man heute eine sehr große Erwartungshaltung an die Partnerschaft. Früher wurde man möglicherweise verheiratet oder war nicht ganz frei in der Partnerwahl. Man hat heutzutage die Hoffnung, dass man den Mann seiner Träume, seiner Liebe findet, und dass man die Möglichkeit hat, die Gefühle auch über alle Probleme hinweg in die Zukunft zu führen. Aber Mann und Frau sind heutzutage gleichberechtigt, es besteht nicht mehr das alte Rollenverhalten wie früher, bei dem die Frau das tat, was der Mann sagte. Obwohl ich das auch für ein Gerücht halte. Aber die Gleichberechtigung funktioniert oft doch noch nicht."

„Sie meinen wohl, sie seien super klug, weil sie mal kurz in eine Ehe hineingeschnuppert haben!" sagt er fast wütend. „Heute wie damals schwören sich die Menschen doch immer noch, dass sie gemeinsam durch dick und durch dünn gehen wollen. Aber wenn sie es gut haben, dann trennen sie sich, weil sie es noch besser haben wollen. Da gibt es nämlich Menschen, die ihr Glück nicht schätzen können. Und wenn sie es schlecht haben, dann rennen sie gleich auseinander, ohne für die Partnerschaft arbeiten zu wollen."

Eliza atmet tief. „Bei uns gab es nichts mehr zu arbeiten, mein Mann hat sich in eine andere verliebt, und da war ich machtlos, denn er ist gleich zu ihr ausgezogen und hat mich mit unserer Tochter stehen lassen."

„Stehen lassen?" fragt er verblüfft.

„Ja, genauso ist es gewesen. Wir standen in einer Warteschlange vor der Kasse, Carsten, meine Tochter und ich. Da betrat seine neue Flamme den Laden, entdeckte ihn, steuerte sofort auf ihn zu und sagte: „Wenn du lieber deine Einkäufe mit deiner Exfrau tätigst, dann kannst du auch bei ihr bleiben. Entscheide dich, und zwar sofort!" Und da waren wir noch verheiratet."

„Er hat sich für die Neue entschieden", vermutet er und hat damit recht.

„Ja, so oder so ähnlich kommt es auch manchmal in den Partnerschaften vor, und dann muss man sich hinterher fragen, was alles schiefgelaufen ist. Aber damit will ich Sie jetzt nicht belästigen. Ich hatte nur gehofft, dass Sie mir ein paar Anleitungen zum Schnitzen geben könnten."

Sein Gesichtsausdruck verhärtet sich wieder. „Nein, da kann ich Ihnen auch nicht weiterhelfen. Fragen Sie doch einmal den Bürgermeister hier im Ort! Der kennt doch bestimmt alle seine Schäfchen. Viel Erfolg weiterhin! Und jetzt entschuldigen Sie mich bitte!"

Eliza lässt nicht locker. „Darf ich Ihnen dann trotzdem einmal etwas Weihnachtsgebäck vorbeibringen?"

Seine abwehrende Handbewegung unterstreicht seine Worte. „Danke, nein! Die meisten mag ich sowieso nicht. Geben Sie sie ruhig an bedürftige Menschen. Mir können Sie damit keine Freude machen."

Die junge Frau seufzt und gibt für den Moment auf. „Dann wünsche ich Ihnen noch einen angenehmen Abend."

Bevor sie noch ein „auf Wiedersehen" hinzufügen kann, hat er bereits die Tür geschlossen.

In diesem Augenblick eilt Greta herbei. „Ich hab es nicht früher geschafft, konntest du etwas bei ihm erreichen?"

Eliza schüttelt den Kopf. „Leider nicht. Er ist noch immer sehr zugeknöpft, aber immerhin hat er ein paar Worte mit mir gesprochen."

„Du willst also immer noch nicht aufgeben?" forscht die Freundin nach.

„Natürlich nicht. Das kann doch nicht angehen, dass da ein wunderschöner Marmorblock in seinem Garten steht und er keine Hand anlegt. Schließlich ist es der sehnlichste Wunsch seiner verstorbenen Frau gewesen, ihn zum Schaffen eines Kunstwerks zu bewegen."

„Aber was willst du jetzt tun? Wenn du in den nächsten Tagen wieder kommst, wirst du ihm bestimmt lästig. Da könnte er dann noch ungemütlicher werden."

„Ich werde gleich noch einmal zu Donata gehen. Vielleicht weiß sie einen guten Rat. Kommst du mit?"

„Das geht leider nicht, wir haben gleich eine Versammlung von unserem Betrieb mit einer anschließenden Weihnachtsfeier. Heute bin ich also völlig ausgebucht."

„Und wie geht es deinem Sohn Jakob? Hat er seine Erkältung überwunden?"

„Immer noch nicht. Er hustet noch ziemlich stark. Am Anfang habe ich ja gedacht, er hätte keine Lust zur Schule. Aber jetzt sehe ich, dass es ihm wirklich schlecht geht. Morgen haben wir einen Arzttermin. Dann brauchst du mich jetzt sicher nicht mehr?"

Eliza lächelt. „Ich merke schon, du bist im Stress. Nein, den Rest schaffe ich heute auch allein, da musst du dir keine Sorgen machen."

Greta freut sich. „Ich habe bei dir eine Tüte im Hausflur abgestellt. Tatsächlich hat Herr Kohlmeyer aus seinem Schreibwarenladen etwas gestiftet. Mehrere Rollen

Geschenkpapier, ein paar Rollen Geschenk-Band und ein paar Aufkleber, die man mit Namen versehen kann."

Die Freundin schmunzelt „ist das nicht dieser junge Mann, der dich immer sehr gern an seiner Kasse bedient."

Greta seufzt. „Ihm gehört dieses Geschäft, da hat er mit Sicherheit keine Augen für eine minderbemittelte, alleinerziehende Mittdreißigerin."

Eliza weiß es besser. „Er hat dich neulich sehr intensiv angeschaut, als wir das Klebeband bei ihm kauften. Aber du schließt ja vor Männern immer noch die Augen."

„Nach meinen schlimmen Erfahrungen ist das schließlich auch kein Wunder", verteidigt sich die Freundin. „Tim hat so viele Schulden gemacht, dass ich sicher noch viele Jahre daran abzuzahlen habe. Und das ist noch ein Grund mehr dafür, dass ich mich von Herrn Kohlmeyer fernhalte. Wie soll er denn feststellen, dass ich nicht sein Geld meine, sondern ihn als Mensch und als Mann?!"

Eliza grinst. „Aha! Jetzt du dich verraten! Du interessierst dich doch für ihn."

Die Freundin seufzt leise. „Wenn du mich auch so löcherst, ist das ja auch kein Wunder, dass du dann das Innerste aus mehr herausholst. Natürlich hat jeder mal Träume und

Wünsche. Aber dieser hier ist ganz unrealistisch."

„Du bist wirklich komisch! Wir sind gerade dabei, anderen Menschen viel Weihnachtsfreude zu bringen, und dann glaubst du nicht an den Weihnachtsgedanken. Weihnachten hat ganz viel mit Liebe zu tun."

„Natürlich, deswegen machen wir auch diese Aktionen als Weihnachtsengel. Aber bei meinen Erfahrungswerten aus vergangenen Partnerschaften ist es nicht verwunderlich, dass ich extrem misstrauisch bin. Darüber können wir aber noch demnächst diskutieren. Jetzt trennen sich erst einmal unsere Wege." Greta verabschiedet sich eilig und verschwindet um die nächste Straßenecke.

Kapitel 5

Donata stellt die Teetasse auf den kleinen Tisch und sieht Eliza aufmerksam an. „Ich habe schon auf dich gewartet und dir extra einen stärkenden Kräutertee zubereitet."

Die junge Frau hebt die Tasse und atmet das duftende Aroma tief ein. „Allein die ätherischen Öle, die hier herausströmen, sind schon wohltuend. Woher wusstest du, dass ich wiederkomme?"

Die ältere Frau lächelt und stellt einen Teller mit Gebäck auf den Tisch. „Ich kenne doch diesen Albert schon eine ganze Weile. Und ich weiß, wie stur er sein kann. War er sehr unhöflich zu dir?"

„Nein, das kann ich nicht sagen. Abweisend und zugeknöpft, das trifft die Sache eher, aber er hat doch nebenbei einiges über mich privat wissen wollen. Wie könnte ich am besten weiter vorgehen, ohne aufdringlich zu wirken."

„Das habe ich mir gedacht, und deswegen habe ich ein paar Anisplätzchen gebacken, die mochte er immer so gern. Die kannst du ihm vorbeibringen, so als Entschädigung für die Störung."

„Ich hoffe, er nimmt sie an. Anis trinke ich gerne in einer Teemischung. Ist er nicht gesund für die Verdauung und für die Bronchien?"

Donata nickt. „Genauso ist es. Ich habe die Anispflanze früher selbst im Garten angebaut. Nicht den Sternanis, der heute sehr modern ist. Nein, die Anispflanze, die man als Gewürz oder Heilkraut zog. Sie braucht viel Licht, aber alle Pflanzen, die viel Licht benötigen, sind auch gut für dunkle Seelen."

Eliza sieht die ältere Frau verwundert an. „Für dunkle Seelen?"

„Ja, genau. Viele Menschen erlauben sich das Leben nicht mehr in Fülle, wenn jemand Nahestehendes in eine andere Welt gegangen ist. Sie schleppen Schuldgefühle mit sich herum und schaden sich damit sehr."

„Dann werde ich mein Glück bei Albert mit deinem Gebäck noch einmal probieren", entscheidet sich die junge Frau. „Wirst du mir auch das Rezept verraten?"

„Natürlich, ich habe ja sonst niemanden, dem ich es weitergeben kann. Und wenn du noch etwas Zeit übrighast, kannst du ein wenig davon an andere Einwohner dieses Ortes verteilen?"

„Du meinst, du kennst noch mehr Menschen, die Traurigkeit in ihrer Seele haben? Denkst du an den Autohausbesitzer, diesen Roberto, über den du neulich eine Andeutung gemacht hast?"

„Nein, bei dem liegt der Fall anders.

„Und das ist eine böse Geschichte. Es geht um Renate und Konrad Neuberg und die Schwestern Gabi und Natalie von Rott. Kennst du sie?"

Eliza nickt. „Die Neubergs sind ja Stadtgespräch. Sie arbeitet im Verkehrsamt, und er ist Fremdenführer. Ständig soll sie ihn mit Eifersucht verfolgt haben, bis er genervt war, und einen Seitensprung gewagt haben soll, was aber nicht bewiesen ist. Und seitdem leben sie getrennt und sind sich spinnefeind. Und du meinst, sie lassen sich mit Plätzchen beeinflussen?!"

Donata schmunzelt. „In den Plätzchen ist schon ein Kraut drin, dass ein wenig gesprächiger macht.

Dadurch könntest du einen Weg zu ihnen finden."

Die junge Frau hebt die Augenbrauen. „Ich soll sie miteinander versöhnen. Ich kann mich doch nicht überall einmischen."

„Weihnachtsengel tun das aber manchmal", findet die ältere Frau und nimmt einen Schluck Tee. „Die Fronten haben sich bei den beiden so verhärtet, dass keiner mehr einen Schritt auf den anderen zuwagt. Man sollte ihnen wenigstens eine Chance geben."

„Sicher liegen da viel tiefere Probleme vor", überlegt Eliza.

„Wir leben zwar im Zeitalter der fortschreitenden Emanzipation und die Gleichberechtigung ist etwas

Wunderbares, aber die meisten Frauen und Männer sind doch sehr verschieden, das macht sich besonders in der Partnerschaft bemerkbar."

„Das habe ich auch schon festgestellt", bestätigt ihr die junge Frau. „Und mein Ex und ich waren sehr verschieden, in jeder Hinsicht. Er fand immer, ich sei zu gutmütig, und das sah er als Schwäche an."

„Auch wenn man gutmütig ist, muss man Grenzen setzen. Aber ich glaube, dass du das ganz gut kannst. Oft liegen die Störungen in der sexuellen Verbindung der Partner verborgen. Nach dem letzten Weltkrieg hat eine ganze Reihe von Menschen geglaubt, man könne die Sexualität von der menschlichen

Seele trennen. Aber das ist ein großer Irrtum. Renate hat sich auch zurückgezogen, weil sie ihrem Mann misstraute. Und er fühlte sich zurückgestoßen. Da hat natürlich bald gar nichts mehr funktioniert, denn das Vertrauen ist so wichtig, wenn man sich dem Partner hingeben will."

„Dann müssen die beiden zu einer Paartherapie", findet Eliza.

„Das haben sie schon versucht, aber sie haben es nicht geschafft, aufeinander einzugehen."

„Und was soll ich bei der ganzen Geschichte tun? Die Plätzchen allein werden es nicht bringen."

Donata lächelt und füllt die Teebecher erneut. „Ein bisschen

Magie brauchen wir schon. Bei den beiden habe ich an die Prinzessin von Lorenzo gedacht, an Federica."

„An die?" fragt die junge Frau gedehnt. „Sie ist doch Therapeutin und arbeitet mit Musik, besonders für Kinder und kranke Menschen."

„Musik ist immer etwas für dunkle Seelen," behauptet die Gastgeberin. „Und da haben wir hier auch noch Johanna, das kleine Mädchen mit den wundersamen Träumen."

„Wie sie dem unversöhnlichen Paar helfen soll, kann ich mir gar nicht vorstellen", überlegt Eliza. „Renate und Konrad sind Realisten und haben mit Visionen, Träumen und Träumereien nichts am Hut."

Donata schüttelte den Kopf. „Hast du schon mal einen kräftigen Sturm gesehen? So eine Bö kann fast unsichtbar sein und doch eine verheerende Wirkung haben. Unsichtbare Dinge können sehr stark sein."

„Also gut, was hast du für die beiden geplant", gibt die junge Frau nach.

„Zuerst bringst du ihnen einmal die Anisplätzchen, die habe ich ihnen nämlich damals zu ihrer Verlobung geschenkt, als sie noch glaubten, miteinander das Glück gepachtet zu haben. Dann berichtest du mir, wie sie reagiert haben, und dann sehen wir weiter."

„Du machst es ganz schön spannend", findet Eliza. „Aber es ist sehr interessant bei dir. Darf ich beim nächsten Mal eine Freundin oder meine Tochter mitbringen?"

„Das wäre mir nicht lieb. Keiner weiß, dass ich jetzt hier bin, und ich möchte auch, dass es so bleibt, denn ich habe noch Einiges vor."

„Bist du denn aus einem Seniorenheim ausgerissen oder hast dich von deinen Verwandten entfernt?"

Die ältere Dame lächelt, und ihre Augen leuchten vergnügt. „So könnte man es nennen. Aber mach dir darüber jetzt keine Gedanken. Es ist wichtig, dass wir mit unserer Arbeit anfangen."

„Na gut! Aber was ist jetzt mit Gabi und Natalie von Rott. „Ich habe gehört, dass sie beide viel Geld als

Models verdienen, aber obwohl sie Schwestern sind, mögen sie sich überhaupt nicht."

„Wenn es nur das wäre! Sie scheinen sich zu hassen, denn sie machen sich gegenseitig das Leben schwer. Gabi hat neulich ihrer Schwester im Schlaf die Haare abgeschnitten, und als Revanche hat Natalie ihrer Schwester die blonden Haare schwarz gefärbt."

Eliza sieht die ältere Dame ungläubig an. „Wie soll sie das denn angestellt haben?"

„Gabi färbt sich die Haare immer selbst blond, mit einer Creme zum Aufhellen. Das Produkt hat sie immer in Vorrat, und da hat Natalie die Inhalte der Packungen heimlich umgetauscht."

„Warum sind dann die beiden so böse aufeinander?" erkundigt sich die junge Frau.

„Jede fürchtet die Konkurrenz der anderen. Dabei haben sie beide genügend Erfolg und müssten sich nicht neidisch gegenüberstehen."

„Geht es da vielleicht um einen Mann?" vermutet Eliza.

„Nein. Im Moment lieben sie sich nur selbst."

Die junge Frau stöhnt und sieht die ältere Dame ungläubig an. „Und ich soll aus ihnen emphatische, mitfühlende Menschen machen, die auch einmal zurückstecken können?"

„Es ist immer einen Versuch wert", findet Donata. „Und auch für die beiden habe ich schon einen Plan."

„Wenn diese Plätzchen wirklich so gut sind, hätte ich gern auch ein paar für meine Freundin. Da gibt es nämlich einen Mann, der sich für sie interessiert, aber Greta glaubt, es gäbe immer noch Standesunterschiede, die störend wirken können."

„Das kommt tatsächlich auch manchmal vor, immer noch", sagt die ältere Dame betrübt. „Ja, diese Plätzchen enthalten zwar keine Drogen, aber ich habe viele Wünsche mit hineingebacken, die ihre besondere Wirkung haben."

Eliza runzelte die Stirn. „Ich bin nicht die Prinzessin von San Lorenzo, sie ist bereit, sich auf jedes Wunder einzulassen. Aber ich bin in einer realistischen Welt aufgewachsen, an

Wünsche, die man im Plätzchen hineinbacken kann und deren Wirkung, kann ich nicht so bedingungslos glauben."

Donata lacht. „Das musst du auch gar nicht. Du musst sie ja nicht essen. Nimm sie einfach mit und gibt sie denen, für die sie gebacken sind."

Die junge Frau verzieht das Gesicht. „Ich vertraue dir. Du siehst nicht aus wie jemand, der andere Leute vergiften will. Und wenn sie plötzlich anfangen zu tanzen, dann ist es auch nicht schlimm. Ein bisschen Fröhlichkeit schadet schließlich keinem."

Kapitel 6

Als es dunkel wird, geht der Regen in Schnee über. Eliza klopft an der Hüttentür, an der ein bunt geschmückter Kranz aus Fichtenzweigen hängt.

Ein junges Mädchen, dessen dunkles Haar in weichen Wellen über die Schulter herabhängt, öffnet die Tür. „Da bist du ja endlich! Ich habe schon auf dich gewartet. Greta hat mir schon Bescheid gesagt, dass du mich brauchst."

„Tatsächlich habe ich im Moment alle Hände voll zu tun, und Nina muss im Moment sehr viel für die Schule büffeln. Hast du denn tatsächlich Zeit für mich?"

„Natürlich, ich weiß doch, dass es immer ganz wichtige Aufgaben sind, die du zu vergeben hast. Was ist es denn dieses Mal?" Das junge Mädchen führt Eliza in die gemütliche Bauernküche.

„Wahrscheinlich wird es eine ganze Menge werden, denn es gibt jetzt noch ein paar besondere Fälle, die ich gerade in der Weihnachtszeit übernehmen will, Johanna."

„Da musst du sicher Prioritäten setzen. Also, was kann ich für dich tun?"

Die beiden setzen sich an den Kamin. Eliza wärmt sich die Hände an den buntbemalten Kacheln. „Zunächst sind da noch die Päckchen, die für den Herrn Schlumberger und sein Tierheim fertig gemacht werden müssen. Du weißt ja, seine Tiere sollen auch alle etwas zum Christfest bekommen. Und ich will ihm selbst natürlich auch ein Geschenk machen."

„Das ist kein Problem", findet Johanna. „Die Päckchen habe ich alle schnell gepackt. Was hast du denn alles für die Hunde eingekauft? Kauknochen und andere Leckerlis?"

„Von allem was, auch kleines Spielzeug. Eine Tierhandlung in Bozen hat allerhand dafür gestiftet. Das packst du am besten in durchsichtige Tüten, denn der gute Schlumberger weiß am besten, was jedes einzelne Tier möchte."

„Eine gute Idee! Was hältst du davon, wenn wir dem alten Mann einen von mir selbst gestrickten

Schal schicken? Davon habe ich in diesem Sommer mehrere angefertigt. Da gibt es auch noch den alten Herrn Roth, der neben der Brücke wohnt. Er feiert das Chanukka- Fest, und für ihn habe ich einen Kuchen gebacken und auch einen schönen warmen Schal beiseitegelegt."

„Da hast du auch schon viel geschafft", findet Eliza. „Wie viel von diesen Schals hast du denn gestrickt?"

„Sieben Stück in diesem Jahr, und wenn ich mehr Zeit gehabt hätte, wären es noch mehr geworden. Aber wenn du noch andere kleine Geschenke brauchst, für ältere Leute, dann kann ich dir noch meine selbstgemachten Marmeladen und

Gelees empfehlen. Davon habe ich auch so viel übrig."

Die junge Frau lacht. „Ehrlich gesagt, ich kann alles gebrauchen. Neben Herrn Roth wohnt eine Familie mit fünf Kindern. Der Vater hat eine schlimme Krankheit und kann seit längerer Zeit nicht mehr arbeiten. Deswegen muss die Mutter fast den ganzen Tag unterwegs sein. Glücklicherweise sind die Kids dann wenigstens nicht allein, wenn sie nach Hause kommen."

„Davon habe ich auch schon gehört und für die Kinder kleine Päckchen gepackt. Aber mit den Weihnachtsgeschenken bin ich schon sehr weit. Ich werde mir also auch etwas Zeit für dein Projekt nehmen", verspricht Johanna.

Eliza freut sich und lächelt dankbar. „Da ersparst du mir einigen Stress." Sie stockt einen Augenblick und atmet tief, bevor sie weiterspricht. Und dann habe ich noch eine Frage an dich."

Eine schwarze Katze springt auf die Ofenbank und schmiegt sich leise schnurrend an das Mädchen. „Natürlich! Wie kann ich dir sonst noch helfen?"

„Hast du nicht irgendeinen Zaubertrank für Menschen, damit sie etwas offener werden? Die Menschheit will so modern sein und bedient sich weltweit aller Medien, aber die private Kommunikation, die sinnvolle Konversation finde ich aktuell ziemlich kompliziert oder sogar eingefroren vor."

Johanna lächelt. „Du möchtest etwas über Magie wissen? Dafür muss man bereit sein. Du musst an alle deine Möglichkeiten glauben, denn wir sind ja wunderbare Geschöpfe mit sehr viel Eigenmacht. Natürlich habe ich da ein paar Mittelchen parat, aber so, wie man im Bereich der Medizin nicht immer gleich bei jedem Schnupfen mit starken Antibiotika hantieren soll, so muss man es auch beim Zusammenleben mit anderen Menschen immer erst einmal mit freundlichen Gesprächen probieren."

Eliza seufzt. „Selbst zwei Menschen, die die gleiche Sprache sprechen, sprechen nicht oft dieselbe Sprache. Ich bekomme für Albert Biermann ein paar Anisplätzchen, um ihn ein bisschen aufzulockern. Kannst du da nicht auch mit einem Wunder zu mehr Aufgeschlossenheit beitragen?"

„Für Wunder muss man arbeiten und auch beten", antwortete das Mädchen und streichelt die Katze. „Einen Eisblock kannst du auf natürliche Art und Weise auch nicht schnell auftauen, er schmilzt langsam. Geh erst einmal mit dem Gebäck zu ihm hin und versuche sein Vertrauen zu gewinnen."

„Also gut!" gibt die junge Frau nach. „Aber ich komme bestimmt seinetwegen später noch einmal wieder. Weißt du eigentlich etwas über Roberto, unseren Autohändler? Gibt da es eine ungewöhnliche Geschichte?"

Johanna nickt, ihr Gesicht wird ernst. „Das ist eine traurige und irgendwie auch gruselig Geschichte."

Eliza hebt die Augenbrauen und sieht das Mädchen erwartungsvoll an. „Erzählst du sie mir?"

„Ich war schon mehrmals bei ihm und wollte ihm mit meinen Wundern helfen, aber er ist nicht bereit dafür."

„Ist er ein sturer Mensch?"

„So einfach kann man diese Frage nicht beantworten. Er hat schon einige Schicksalsschläge erlebt. Seine erste Frau ist ihm davongelaufen, weil er immer nur an sein Geschäft gedacht hat und an das viele Geld, das er verdienen wollte. Aber eines Tages war er unachtsam und hat den Zündschlüssel in einem Rennwagen stecken lassen. Da hat ein junger Mann, der keinen Führerschein besaß, das Auto gestohlen und ist damit tödlich verunglückt. Roberto hat sich das so zu Herzen genommen, dass er sich in einen ähnlichen Rennwagen gesetzt hat und auf einer Autobahn gegen eine Brücke gefahren ist. Seitdem sitzt er im Rollstuhl, aber er hat keine Querschnittslähmung, und alle Ärzte sagen, dass er eigentlich gehen könnte. Doch er gibt sich die Schuld an diesem Unfall und erlaubt sich nicht das Gehen."

„Das ist ja furchtbar", findet Eliza. „Das wusste ich gar nicht. Wieso weiß das hier im Ort keiner?"

„Er hat damals viel Geld springen lassen, damit keine Zeitung etwas darüber berichtet und dabei fast sein ganzes Vermögen verloren. Jetzt hat er viele Schulden, und er wäre schon fast bankrott, wenn es da nicht diese Amanda gäbe."

„Amanda Kellermann?"

„Ja, genau die. Sie ist eine reiche Fabrikantentochter, die viele Millionen von ihren Eltern geerbt hat. Aber sie lebt allein und die meisten Männer, die sie kennenlernte, haben immer nur ihr Geld geliebt."

„Und Roberto und Amanda haben ein Verhältnis miteinander?"

Johanna verzieht das Gesicht. „So würde ich das nicht nennen. Sie wohnen ein ganzes Stück auseinander und verkehren seit langer Zeit nur über die aktuellen Medien miteinander. Er hält sie stets mit Liebeschwüren bei Laune und weckt ihr Mitleid, indem er über seine schlechte finanzielle Situation jammert."

„Dann hilft sie ihm womöglich öfter mit Geld aus? Aber dann hat sie ja in ihm genau das gefunden, was sie nicht möchte: einen, der hinter ihrem Geld her ist."

„Natürlich hat sie sich in ihn verliebt. Er zeigt ihr ja, dass er sie braucht, und das ist es, was sie sich wünscht. Sie hilft ihm oft mit kleinen Summen aus, aber niemals so, dass er saniert ist."

Eliza möchte mehr wissen. „Liebt er sie denn auch? Oder spielt er ihr alles nur vor, um von ihrem Geld zu profitieren?"

„Liebe! Jeder versteht etwas anderes darunter, und jeder liebt anders. Er schreibt große Worte von Liebe, weil sie das mag. Sie füllt ab und zu seine Kasse auf. Was ist das? Würdest du da annehmen, dass er sie liebt?"

„Ich weiß es nicht. Aber ich denke, dass sie ihn liebt, weil sie sich unbedingt seine Liebe erkaufen möchte. Irgendwie brauchen sie sich doch beide."

Johanna hebt die Katze vorsichtig hoch und stellt sie auf den Boden. „Amanda liebt ihren Roberto und glaubt und hofft auch, dass er sie liebt."

„Kannst du nicht etwas für die beiden tun. Ich habe einmal von der „Brille der Erkenntnis" gehört. Wäre das nicht auch etwas für dieses Paar?"

„Ich bin nicht sicher, ob die beiden wirklich etwas erkennen wollen. Im Augenblick spielt jeder seine Rolle, es scheint zu funktionieren. Jetzt muss ich dich leider an die Tür begleiten, denn die Familie Dreieck mit den vielen Kindern benötigt meine Hilfe. Ich lese den Kids abends Märchen vor, wenn die Mutter zur Schicht muss."

Eliza erhebt sich. „Danke erst einmal für deine Hilfe! Und ich bin froh, dass ich wiederkommen darf, wenn ich nicht mehr weiterweiß."

Kapitel 7

Dichtes Schneetreiben nimmt Eliza die Sicht, als sie sich mit einer Tüte Anisplätzchen auf den Weg zu Albert begibt.

Beinahe wäre sie mit einer Person zusammengestoßen, aber im letzten Moment weicht sie zur Seite aus. Im Schein der Laterne erkennt sie eine fremde, weibliche Person.

„Guten Abend", grüßt sie, obwohl der Nachmittag noch nicht vorüber ist.

„Ein guter Abend ist das ganz sicher nicht, wenn Sie mich hier so erschrecken", schimpft ihr Gegenüber, das sich als Frau in den mittleren Jahren entpuppt.

„Entschuldigung, das habe ich nicht beabsichtigt. Das Schneetreiben nahm mir völlig die Sicht."

„Das hätte böse ausgehen können" wettert die Fremde weiter. „Ich trage hier zerbrechliche Dinge in meiner Tüte. Zum Glück habe ich sie noch im letzten Moment festhalten können."

Eliza erinnert sich an eine Frau mit Namen Nüssli, die vor einiger Zeit der Prinzessin Federica viele Steine in den Weg gelegt hatte. Manche munkelten sogar, dass sie eine echte Hexe sei, aber schließlich lebte man ja nicht mehr im Mittelalter. Trotzdem nimmt sich die junge Frau vor, bei dieser Begegnung etwas vorsichtig zu sein.

„Es tut mir sehr leid", entschuldigt sie sich erneut. „Kann ich etwas für Sie tun?"

„Bestimmt nicht", antwortet die Fremde böse. „Ich bin Frau Kohlmeyer, die Schwester des hiesigen Supermarkt-Besitzers und bin auf dem Weg zu ihm."

„Da wird er sich aber freuen", bemerkt Eliza lapidar, weil ihr gerade nichts Besseres dazu einfällt.

„Das glaube ich kaum", fährt Frau Kohlmeyer fort. „Ich muss ihm nämlich dringend auf die Finger gucken, denn er zeigt sich wieder einmal völlig inkompetent."

„Sein Laden läuft doch sehr gut", behauptet die junge Frau.

„Er gibt zu viel für sich aus, und er kauft qualitativ minderwertige Waren ein, nur um auch den weniger bemittelten Menschen den Einkauf in seinem Laden zu ermöglichen. Das ist geschäftsschädigend. Wir waren früher immer ein Feinkost-Laden, und unser Image geht nach und nach flöten."

„Ihr Bruder ist bei uns im Ort sehr beliebt, und alle Leute kaufen gern bei ihm ein. Er hat dadurch seine feste Kundschaft und jeder ist zufrieden."

Frau Kohlmeyer misst Eliza von Kopf bis Fuß. „Wer sind Sie denn überhaupt? Sie schwingen hier so große Reden, als seien sie die Frau Bürgermeister."

„Ich bin Frau Kerner und kenne den Bürgermeister sehr gut. Er ist ein sehr freundlicher Mensch und tut sehr viel für diese Menschen im Ort. Er unterstützt sogar meine Weihnachtsprojekte."

„Ach, die sind Sie!" Die Stimme ihres Gegenübers wird schrill und die Lautstärke schwillt an. „Dann muss ich mich über gar nichts wundern. Sie und ihre Freundin sorgen dafür, dass sich der Ort in diesem Weihnachtsengel-Wahn befindet. In dem sozialen Netzgefüge der heutigen Zeit muss man nicht solche verrückten Samariter-Alleingänge unternehmen."

Eliza protestiert. „Gerade in der heutigen Zeit der zunehmenden Isolierung ist es wichtig, die Menschen wieder einander näher zu bringen. Meine Großmutter hat mir immer von der Zeit erzählt, als sie ein junges Mädchen war. Da war die Geselligkeit im besten Sinn ein ganz großes Thema."

„Ach hören Sie doch auf mit diesen Märchen von der guten alten Zeit! Die Zeiten ändern sich, und da entwickelt sich alles in notwendiger Weise. Aber dann bin ich ja bei Ihnen an der richtigen Adresse, denn ich wollte Sie sowieso aufsuchen und mit ihnen ein Wörtchen reden."

„Müssen wir das unbedingt jetzt tun?" fragt Eliza etwas ungehalten. „Wenn sie nicht ernstlich verletzt sind, möchte ich nämlich gern meine Termine wahrnehmen."

„Unverschämt sind sie auch noch!" schimpft Frau Kohlmeyer. „Wahrscheinlich wollen sie sich schnellstmöglich verdrücken. Sie haben nur Angst, dass ich Ihnen die Wahrheit sage, weil ich Ihnen auf die Schliche gekommen bin."

„Ich weiß nicht, was Sie meinen?" antwortet Eliza in ihrer gewohnten Ruhe. „Wir beschenken Menschen in der Weihnachtszeit, daran ist doch nichts auszusetzen."

„Sie erbetteln sich überall Almosen, aber nicht nur die", behauptet Frau Kohlmeyer. „Allen Leuten im Ort gehen Sie auf die Nerven mit Ihren Aktionen, und wer weiß, was Sie mit diesen Spenden alles anfangen."

„Natürlich führen wir genau Buch über alles", teilt ihr die junge Frau mit. „Wir haben Listen und tragen jedes Teil und jeden Cent genau darin ein. Das lassen wir uns auch sofort bestätigen und unterschreiben, damit alles seine Richtigkeit hat. Es hat alles seine Ordnung."

„Und meinen Bruder haben Sie auch dazu gebracht, jede Menge Waren und auch Geld zu spenden. „Wer weiß, mit welchen Mitteln Sie das angefangen haben. Schließlich wird ja auch im Ort erzählt, dass Sie ein Verhältnis mit dem Bürgermeister haben."

Eliza traut ihren Ohren nicht. Was will diese unverschämte Frau überhaupt von ihr und warum unterstellt sie ihr all diese unmöglichen Dinge?

„Alles, was Ihr Bruder uns gespendet hat, wurde von ihm freiwillig und gern gegeben, denn auch er möchte den Menschen in der Weihnachtszeit seine Hilfe geben. Meine Freundin und ich, wir kennen ihren Bruder Benny kaum, und wir haben uns nur in seinem Büro aufgehalten."

„Jaja, im Büro, da fängt immer alles an", fährt Frau Kohlmeyer fort. „Er hat ja nicht einmal eine Sekretärin, und das kleine Zimmerchen liegt ganz am Ende des Gebäudes. Da kann man alles treiben, ohne gesehen zu werden."

„Am besten wenden Sie sich damit an ihn selbst!" schlägt ihr Eliza vor. „Er wird Ihnen schon sagen, was

Sache ist, und ihm werden Sie ja wohl glauben."

„Und ob ich mit ihm rede, und ich werde ihm schon auf den Zahn fühlen. So geht das alles hier nicht weiter mit dieser Lotterwirtschaft. Den Bürgermeister haben Sie ja auch schon verhext."

Die junge Frau kratzt sich am Kopf. Ob das wirklich Bennys Schwester ist? So wie sie sich gibt, könnte sie auch diese Hexe sein, von der Federica immer belästigt wurde.

„Der Bürgermeister ist viel älter als ich, er könnte ja fast mein Vater sein. Wir sind freundschaftlich miteinander verbunden, weil wir beide, gemeinsam mit Ihrem Bruder im Chor singen, den die Prinzessin von San Lorenzo leitet."

„Hab ich es mir doch gedacht, dass dieser Nichtsnutz sich auch noch mit solchem Larifari beschäftigt! Er soll lieber arbeiten und sein Geld zusammenhalten. In seinem Alter sollte man sich mit ernsthaften Dingen beschäftigen, nur so kann man in diesem Existenzkampf bestehen. Ein Chor?! Was soll denn dieser Singsang?! Statt abends zu trällern, sollte er lieber neue Ware akquirieren, ein besseres Angebot für einen Feinkostladen aussuchen."

„Da bin ich aber ganz anderer Meinung", entgegnet Eliza empört. „Am besten sprechen Sie mit Ihrem Bruder selbst. Er wird Ihnen schon Antworten auf all Ihre Fragen geben können. Ich habe jetzt noch einen

Termin, deswegen muss ich unser Gespräch leider abbrechen."

„Das ist jetzt ganz typisch", faucht Frau Kohlmeyer. und ihre Augen verengen sich zu schmalen Schlitzen. „Wenn die Schuldigen nicht mehr weiterwissen, ziehen sie ihren Kopf aus der Schlinge. Wir sprechen uns noch!"

Die junge Frau erspart sich jede weitere Antwort und eilt davon.

Kapitel 8

„Sie schon wieder!" stöhnt Dr. Biermann genervt. Sein Blick richtet sich auf die Tüte, die Eliza in der Hand hält. „Ich dachte, Sie hätten verstanden, dass ich weder zum Nehmen noch zum Geben bereit bin."

Eliza setzt ein unschuldiges Lächeln auf. „Das habe ich verstanden, glauben Sie mir! Und darum geht es jetzt auch gar nicht. Es geht tatsächlich nur um Ihre Meinung, und die wollen Sie mir doch sicherlich nicht vorenthalten."

Er hebt erstaunt die Augenbrauen. „Um meine Meinung? Haben Sie doch ein Problem mit Ihrer Tochter?"

Die junge Frau schmunzelt. „Immer noch nicht." Sie hebt die Tüte hoch. „Es geht um diese Anisplätzchen."

Er horcht auf. „Anisplätzchen? Ja, die habe ich früher tatsächlich einmal bevorzugt. Aber das ist lange her. Eine gute Freundin meiner Frau hat sie oft gebacken und uns damit verwöhnt. Sie und keine andere konnte dieses Gebäck so schmackhaft herstellen, dass man kaum widerstehen konnte. Aber das da, was sie in den Händen tragen, ist sicher nur ein billiger Abklatsch. Darauf kann ich gern verzichten."

„Eben deshalb bin ich gekommen", schwindelt Eliza. „Sie sind nach einem Rezept dieser Donata gebacken, und ich wollte Sie fragen, ob Sie mir eine Beurteilung darüber abgeben können."

Er zögert einen Moment. „Also gut, dann geben Sie mir die Tüte her. Sie können dann in den nächsten Tagen nachfragen, und ich werde Ihnen sagen, was ich darüber denke."

Die junge Frau streift den Schnee von den Ärmeln. Ich bin ziemlich erfroren auf dem Weg hierher. „Könnte ich nicht einen Augenblick zu Ihnen hereinkommen? Möglicherweise haben Sie jetzt einen Moment Zeit, um schon einmal eines dieser Gebäckstücke zu probieren. Dann können wir nämlich mit dem Backen loslegen. Sie wissen ja, die Tage bis Weihnachten vergehen jetzt wie im Flug."

Er misst sie mit einem strengen Blick. „Dafür können Sie aber noch ganz gut reden, also ihr Mund ist jedenfalls noch sehr beweglich." Nach einem kurzen Zögern lässt er sie eintreten. „Ich habe mich über Sie bei dem Bürgermeister erkundigt. Eine Betrügerin sind Sie offenbar nicht."

Eliza atmet auf, zieht ihre nassen Stiefel aus und folgt dem älteren Mann in den Flur. „Enrico ist ein Freund von uns. Greta und ich kennen ihn schon sehr lange, und wir singen mit ihm im Kirchenchor der Prinzessin von San Lorenzo."

„Das ist mir auch bekannt. Dieser Chor hat sich mittlerweile schon einen Namen gemacht, und besonders der Kinderchor wird oft zu kleinen und großen Festen eingeladen."

„Ja, sie singen wie die Engel", schwärmt die junge Frau. „Und das Weihnachtsfest ist auch geeignet dazu, die Engel zu sich einzuladen."

Er bietet ihr einen Platz auf dem Sofa an und betrachtet sie misstrauisch. „Wie meinen Sie das?"

„Weihnachten ist ein Fest der Liebe, des Lichts und der Herzenswärme, und dazu kann man nicht genug Engel um sich herumhaben."

Er sieht sie entsetzt an. „Soll ich mir etwa zu Weihnachten fremde Leute ins Haus holen? So weit käme es noch! Ich habe mit mir selbst genug, bin mir selbst schon zu viel. Also, wir wollen es hinter uns bringen: Lassen

Sie mich eines von diesen Dingern probieren."

„Mit den Plätzchen ist es so wie mit dem Wein", schwindelt sie. „Das aromatische Getränk muss man auch Dekantieren, das kennen Sie doch bestimmt vom guten Rotwein! Geben Sie mir bitte eine Schale, in der ich die Gebäckstücke ausbreiten kann. So können sie ihr volles Aroma entfalten."

Er zeigt ein mürrisches Gesicht, als er ihr einen großen Teller reicht. „Denken Sie nur nicht, dass ich davon mehr esse als notwendig. Den Rest können Sie schön wieder mitnehmen."

Sie befüllt die flache Schale und stellt sie auf den Tisch. „Ein Moment müssen wir noch warten, bis sie ihr volles Aroma entfaltet haben", fantasiert sie. „Ich hoffe, ich habe Sie jetzt nicht gerade bei einer wichtigen Arbeit gestört."

„Wichtig ist es schon", behauptet er, „aber es war keine Arbeit. Ich habe in einem Buch gelesen."

Eliza wirft einen Blick auf die Gemälde ringsumher. „Sie haben sehr schöne Bilder an den Wänden. Möglicherweise handelt es sich um ein Buch über Kunst?"

Widerwillig und knapp antwortet er. „Richtig. Sie haben es erraten."

Spontan fabriziert sie einen Sinnspruch. „Wissen Sie, was ein nasser Schuhspanner und die Kunst miteinander gemeinsam haben?"

Er sieht sie irritiert an und schüttelt sich. „Überhaupt nichts, denke ich. Es sei denn, ein Holzschnitzer hat diesen Gegenstand kunstvoll hergestellt."

Die junge Frau lächelt. „Die Idee ist auch nicht schlecht. Aber nein, das meinte ich nicht. Ein nasser Schuhspanner ist dazu da, den Schuh zu weiten. Mit der Kunst weitet sich die Seele, kann sich in ungeahnte Dimensionen bewegen, groß und leicht werden, sogar anfangen zu fliegen."

Der ältere Herr atmet tief. „Da haben Sie ausnahmsweise einmal recht."

Jetzt wagt Eliza einen großen Vorstoß. „Kunst kann zwar nicht jede Krankheit heilen, aber helfen, einen Menschen gesünder zu erhalten."

„Das ist es ja, manchmal ist eben alles zu spät", antwortet er mit finsterem Blick. „Meiner Frau konnte die Kunst auch nicht mehr helfen. Ich bin sicher, Sie haben sich bei dem Bürgermeister Enrico über mich erkundigt?"

„Ich weiß, dass Ihre Frau sehr glücklich darüber war, dass Sie sich mit Kunst beschäftigt haben. Und jetzt dürfen Sie ein Plätzchen probieren!"

Er nimmt ein Gebäckstück und sieht seinen Gast genervt an. „Sie können es ja doch nicht lassen."

Mit einem missmutigen Gesichtsausdruck steckt er das Plätzchen in den Mund, doch schon wenige Sekunden später entspannt er sich.

„Woher haben Sie dieses Anisgebäck? Genauso hat es unsere gute Freundin damals hergestellt, es ist einfach köstlich!"

Eliza verzieht keine Miene. „Dann ist das Rezept in Ordnung. Dann spricht nichts dagegen, dass wir ein paar mehr davon backen können. Sicher darf ich Ihnen den Rest dann auch hierlassen?"

Herr Biermann greift zu einem zweiten Gebäckstück und lässt es langsam im Mund zergehen. „Eine solche Delikatesse muss gewertet werden. Nach getaner Arbeit werde ich mir immer ab und zu eines erlauben."

„Darf ich einmal nachfragen, was Sie arbeiten? Ich hatte gedacht, Sie seien Rentner?"

„Ich repariere für meine Freunde alte Möbel und Antiquitäten", erzählt er ihr bereitwillig. „Offensichtlich habe ich eine gewisse Fingerfertigkeit."

„Dann haben Sie bestimmt auch einige von diesen Bildern selbst gemalt", wagt sie sich weiter vor.

Sein Blick wird wieder finster. „Früher habe ich das getan. Aber das ist lange her. Ich bin nicht mehr kreativ tätig."

„Ich bin zwar keine Künstlerin, aber ich kann mir gut vorstellen, dass man für die Kreativität einen Anlass oder eine Inspiration braucht. Möglicherweise positive Erlebnisse, zum Beispiel einen Eindruck bei einem Spaziergang in der Natur."

Ein nimmt ein drittes Plätzchen, und die junge Frau erkennt, dass sie eine gewisse Wirkung auf seine Redseligkeit haben. „Meine Frau war früher meine Muse, und allein die Tatsache, dass sie existierte, gab mir ungeahnte Kräfte. Wir haben uns sehr geliebt, und dafür war ich ihr immer dankbar. Schon ein Gedanke an sie, schenkte mir Eingebungen und Visionen."

„Und jetzt? Ist sie nicht auch noch für menschliche Augen unsichtbar bei Ihnen?"

„Vielleicht könnte sie jetzt noch leben", weicht er aus. „Und tun Sie jetzt nicht so, als wüssten Sie das nicht. Wahrscheinlich hat Ihnen Enrico längst erzählt, dass auf meiner Terrasse ein riesiger

Marmorblock steht, den sie mir hinterlassen hat, damit ich mir meinen Wunschtraum erfülle. Ich könnte diesen Marmorschatz zum Leben erwecken. Aber ich habe ihn bis jetzt nicht einmal berührt."

„Das hat er mir nicht erzählt", antwortet sie wahrheitsgemäß. „Aber vermutlich wollen sie das Geschenk Ihrer verstorbenen Frau nicht annehmen."

Die Wirkung des Gebäcks scheint nachzulassen. Er erhebt sich. „Das können Sie nicht verstehen. Es ist besser, wenn Sie jetzt die Plätzchen wieder mitnehmen und Ihre Zeit jemandem schenken, der Ihr Engagement auch werten kann."

Sie steht ebenfalls auf. „Es tut mir leid, wenn ich Sie gestört habe. Ich wollte mich nicht aufdrängen. Aber das Gebäck kann ich tatsächlich nicht mehr anderweitig verschenken, es ist ja nicht mehr in der Tüte. Lassen Sie es sich trotzdem ab und zu schmecken!"

Er gibt nach. „Gut, dann sagen Sie den fleißigen Bäckern meinen Dank! Sie haben mir immer noch nicht verraten, woher Sie das Rezept haben?"

„Eigentlich ist es ein Geheimnis. „Es hat mir jemand von der alten Donata geschickt", behauptet Eliza.

Herr Biermann sieht sie misstrauisch an. „Von der Donata? Sie ist vor langer Zeit von hier weggezogen, und irgendjemand hat mir einmal erzählt, dass sie gar nicht mehr lebt."

„Darüber weiß ich nichts", weicht die junge Frau aus. „Wir haben im Moment so viel Stress bei den Vorbereitungen, dass wir nicht auf jede Kleinigkeit achten können. Wir sind einfach froh und dankbar, wenn uns jemand auf irgendeine Weise unterstützt."

Er begleitet sie zur Haustür. „Ich werde Ihnen etwas Geld zukommen lassen", verspricht er. „Damit können Sie dann machen, was Sie wollen."

Eliza bedankt sich. „Das ist sehr freundlich von Ihnen. Dann gehören Sie ab jetzt auch zu den Weihnachtsengeln."

Ein kleines Lächeln huscht über sein ernstes Gesicht. „Sie hören noch von mir."

Kapitel 9

Das Restaurant „Stella di Lorenzo" ist ein beliebter Treffpunkt für die meisten Bewohner der Stadt, wenn sie nach einem abendlichen Termin noch einen Schlummertrunk zu sich nehmen wollen.

„Danke für die Einladung, Herr Kohlmeyer!" wendet sich Eliza an den jungen Mann, der gerade für sie, Greta und sich selbst einen Wein bestellt hat.

„Gern, und für euch bin ich der Benny", schlägt er vor und hebt das

Glas, das er zunächst mit Greta und anschließend mit ihrer Freundin anklingen lässt. „Der Chor mit Federica war zwar sehr erbaulich, und das Singen hat mir auch viel Spaß bereitet, aber jetzt habe ich eine trockene Kehle."

„Man hat dich auch sehr gut herausgehört", scherzt Greta. „Aber nicht, weil du falsche Töne produziert hast, sondern weil du den besten Bariton singen kannst."

Er lacht. „Ich wünschte, es wäre so. Aber es beflügelt doch jedes Mal, wenn man spürt, dass sich die eigene Stimme harmonisch in die der anderen einfügen kann."

„Ich habe gestern deine Schwester auf der Straße getroffen", berichtet Eliza. „Sie teilte mir mit, dass sie dich besuchen möchte, aber es klang nicht so, als wollte sie dir harmonische Tage bereiten."

Benny schmunzelt. „Du hast recht. Sie kam zu mir wie ein Tornado und hat sich erst einmal ausgetobt. Wenn sie solche Anfälle hat, muss man sie erst einmal in Ruhe lassen. Denn wenn man sich auf sie einlässt, beißt sie sich fest an einem."

„Das habe ich gemerkt", bekennt die junge Frau. „Sie hatte allerlei vor mit dir, und vor allen Dingen wollte sie dir die Leviten lesen."

„Sie ist halt meine ältere Schwester", fährt er fort und runzelt leicht die Stirn. „Sie meint immer noch, sie müsse auf mich aufpassen. Aber im Moment ist ihr Leben an einem Tiefpunkt angekommen, denn sie hat wieder einmal eine neue Geschäftsidee in den Sand gesetzt und einen reichen Freund verloren, auf den sie in vieler Hinsicht gebaut hatte. Gerade musste sie eine Boutique aufgeben."

„Wie schrecklich!" findet Greta. „Und was will sie jetzt bei dir?"

„Geld und Trost, nehme ich an. Aber Geld kann ich ihr nicht bieten, denn so viel wirft das Geschäft nicht ab. Schließlich muss ich hier im Ort Zugeständnisse machen, damit mir die Kundschaft nicht in billigere Geschäfte davonläuft. Und letztendlich profitieren alle davon, dass man hier in diesem Ort noch einkaufen kann, während anderswo die kleinen Geschäfte schließen."

„Und was wirst du jetzt tun?"
erkundigt sich Eliza.

„Ich werde schauen, wie ich ihr sonst helfen kann. Zunächst einmal braucht sie wohl jemanden, bei dem sie Dampf ablassen kann."

„Dazu bist du aber eigentlich zu schade", findet Greta.

Er seufzt leise. „Immerhin ist sie meine Schwester, aber ich hoffe auch, dass sie nicht bis Weihnachten bleibt, denn dann erlebt man Horrorgeschichten mit ihr."

Eliza sieht ihn neugierig an. „Was macht sie denn dann für gewöhnlich?"

„Sie lässt sich mit Alkohol volllaufen und weint ihren Verflossenen nach. So stelle ich mir kein Weihnachtsfest vor. Am liebsten möchte ich diese Tage in einer einsamen Berghütte verbringen."

„Allein?" fragt Greta leise.

Seine Augen strahlen sie an, und seine Stimme klingt sanft. „Natürlich nicht, und ich hatte schon gehofft ..."

In diesem Augenblick platzt Frau Kohlmeyer herein und steuert auf ihren Bruder zu. „Hier finde ich dich! Es ist wohl nicht genug, dass du dich stundenlang mit diesen Laienmusikern abgibst, jetzt vertrinkst du auch hinterher noch die ganzen Einnahmen in den Kneipen."

„Wenn du dich ein bisschen zusammennimmst, lade ich dich gern zu einem Glas Wein ein", versucht der Bruder, sie zu beruhigen.

„Dazu habe ich jetzt weder Lust noch Zeit", antwortet sie zornig. „Wir haben über Vieles zu reden, denn so kann es ja nicht weitergehen."

„Ich habe vor, alles so weiterlaufen zu lassen wie bisher", entgegnet er. „Ich bin mit dem Geschäft zufrieden."

Sie zwängt sich neben ihn. „Ich brauche viel Geld, und zwar schnell."

Er winkt der Bedienung und bestellt ein Glas Wein. „Das brauchen die meisten. Aber erst einmal müssen wir über deine Pläne reden, und zwar ganz vernünftig. Am besten später zu Hause oder morgen früh, liebe Beate."

Sie sieht ihn giftig an. „Da treibst du dich hier mit diesen …"

Eliza ahnt, was Bennys Schwester sagen will, und unterbricht ihre Rede. „Wenn Sie noch ein paar Tage hierbleiben wollen, können Sie unserem Weihnachtskomitee eine große Hilfe sein. Wir brauchen noch jemanden für den Basar. Und wie ich gehört habe, sind Sie eine erfahrene Geschäftsfrau."

Frau Kohlmeyer erkennt die Frau, mit der sie zusammengestoßen ist. „Da sind Sie ja schon wieder, Sie, diese unverschämte Person, die ständig rücksichtslos durch die Straßen rennt. Was wollen Sie denn von mir?"

„Es geht um die modischen Accessoires für den Basar. Aber ich habe noch niemanden gefunden, der einen wirklich guten Geschmack hat und die Artikel so aufbauen kann, dass der Kunde seine Augen darauf heften muss. Offenbar verstehen Sie etwas von Mode."

„Hier in dem Dorf versteht keiner etwas von Mode", behauptet Beate. Oder haben Sie schon mal etwas davon gehört, dass man Perlen vor die Säue werfen soll."

Eliza schmunzelt. „Hier geht es weder um Schmuck noch um Haustiere aller Art. Zum Weihnachtsbasar kommt auch die ganze königliche Familie, natürlich auch mit dem gesamten Gefolge. Da könnten Sie sich mit Ihrem Geschick und Ihrem Geschmack einen Namen machen."

Frau Kohlmeyer horcht auf. „Tatsächlich? Der ganze Adel ist da? Haben die denn auch Geld? Das ist nämlich heute nicht unbedingt selbstverständlich."

„Die Schätze des Königreiches von San Lorenzo sind unermesslich", antwortet die junge Frau, ohne auf die möglichen Bedeutungen dieser Aussage näher einzugehen. „Vor allen Dingen könnten Sie durch diese berühmten Leute ins Rampenlicht geraten, und das kann für Sie doch nur zum Vorteil sein."

Beate kneift ein Auge zu und atmet tief ein und aus. „Nun ja. Ich war im Leben immer schon ein spontaner und mutiger Mensch. Schaden kann es ja nicht, einmal diese noblen

Herrschaften kennenzulernen. Was muss ich also tun?"

Eliza zeigt auf das Publikum ringsumher. „Das können wir nicht hier besprechen. Es ist nicht gut, wenn wir dabei so viele Zuhörer haben. Schließlich wollen wir der königlichen Familie doch etwas Einzigartiges bieten."

„Also? Was hast du vor?" flüstert Frau Kohlmeyer, persönlich werdend.

„Am besten gehen wir gleich in die Festhalle, da wollte ich sowieso heute Abend noch einmal nach dem Rechten schauen. Dort kannst du dir schon einmal die Ware ansehen. Denn die musst du ja kennen, wenn du dir ein passendes Konzept ausdenken willst."

„Natürlich! Das ist überhaupt keine Frage. Am besten nehmen wir meinen Bruder und deine kleine Freundin auch mit."

Eliza schüttelt den Kopf. „Nein, die können wir dabei jetzt nicht gebrauchen. Ich spüre schon, dass wir zwei ein gutes Team werden. Da brauchen wir niemanden, der noch seinen Senf dazu abgibt. Und was meine kleine Freundin angeht, da könntest du dich sehr wundern, wenn sie vom Tisch aufsteht. Sie ist nämlich ein Meter und fünfundsiebzig Zentimeter groß. Also seid ihr euch da ziemlich ähnlich, schätze ich mal."

Beate nickt. „Also, dann lass uns auch keine Zeit mehr verlieren. Du solltest wissen, dass es nur noch wenige Tage bis Weihnachten sind. Die Zeit wird uns gar nicht reichen, wenn wir etwas Anständiges auf die Beine bringen wollen."

„Mit deinem Know-how schaffen wir das", muntert Eliza Bennys Schwester auf. „Solange uns niemand stört, werden wir zügig vorankommen."

Frau Kohlmeyer wendet sich an ihren Bruder. „Dann lassen wir euch jetzt einmal hier allein. Aber geht nicht weg! Wartet auf uns, denn unsere Gespräche sind nur aufgeschoben, lieber Benny. Du entgehst mir nicht."

Greta zwinkert ihrer Freundin zu. „Wir haben hier auch noch viel Organisatorisches zu besprechen. Das ist so die Tradition hier in diesem Ort. Die Weihnachtsengel nehmen ihre Arbeit jedes Jahr sehr ernst."

Kapitel 10

Im Gemeindezentrum brennt in mehreren Räumen das Licht.

„Nanu, was ist denn bei euch hier immer so spät los?" wendet sich Beate an ihre Begleiterin Eliza.

„Der Hausmeister hat hier bestimmt noch ein paar edle Spender reingelassen", vermutete die junge Frau. „Die Zeit rennt uns ja davon, und da sind wir froh, wenn jemand etwas vorbeibringt, egal wann."

„Das ist schon eine verrückte Gegend hier! Irgendetwas muss sie in der Luft liegen, sonst hätten nicht alle so ein riesenhaftes Helfersyndrom."

Eliza lächelt nachsichtig. „Du musst es einmal ausprobieren. Es ist einfach schön, anderen Menschen eine Freude zu machen. Und welche Zeit eignet sich besser dazu als die Weihnachtszeit, um noch mal etwas mehr zu tun."

„Das ist ziemlich pervers", findet Beate. „Also wo sind jetzt die Klamotten, die ich mir ansehen soll? Ich habe nicht so viel Zeit. Ich muss unbedingt wieder zurück zu Benny."

„Der ist gut aufgehoben", bemerkt die junge Frau schmunzelnd. „Er hat mit meiner Freundin Greta bestimmt noch sehr viel zu besprechen."

„Ich bin nicht blöd, und du musst mich nicht für dumm verkaufen. Sicher hast du mich nur von dort weggelockt, damit die beiden ungestört sind. Wahrscheinlich meinst du, dass du besonders schlau bist."

Eliza sieht ihr Gegenüber belustigt an. „Ich gebrauche nur meinen Verstand, dann, wenn es nötig ist. Und der sagt mir auch, wann ich eine Kopf- oder eine Bauchentscheidung treffen muss."

Beate stößt einen Zischlaut aus. „Als Geschäftsfrau vertraue ich immer meinem klaren Verstand. Meine Misserfolge habe ich lediglich einem Pech zu verdanken, dass mich eine ganze Weile verfolgt hat. Aber wenn ich jetzt die Bekanntschaft der Blaublütigen vertiefen kann und mein Bruder für mich etwas Geld locker macht, dann stehe ich wieder auf beiden Füßen."

Sie sind in einem Raum angekommen, in dem modische Accessoires auf den Tischen ausgebreitet liegen.

„Hier kannst du dich erst einmal austoben", rät ihr die junge Frau. „Du findest hier sehr hübsche Sachspenden, und ich denke, du wirst sie sehr gut arrangieren können. Einige Teile sind für die Tombola, die anderen für eine Auslage. Jetzt kannst du deinen guten Geschmack beweisen."

Beate protestiert. „Und ich soll jetzt hier allein arbeiten? Womit vergnügst du dich denn in der Zwischenzeit?"

„Ich schaue inzwischen nach, wer sich gerade in den übrigen Räumen aufhält. Der Bürgermeister hat mir die Oberaufsicht übergeben, da muss ich schon einmal nachsehen, wer hier so alles werkelt. Aber du kannst dich mit Anisplätzchen stärken, die stehen hier in jedem Raum, und jeder darf sich bedienen."

„Immer dieser Süßkram! Der Zucker geht nur auf die Hüften. Wahrscheinlich willst du mich zum Essen verführen, weil du auf meine gute Figur neidisch bist."

Eliza schmunzelt. „Dieses Gebäck ist absolut ungefährlich, es enthält eine

Süßkraft, die ohne Kalorien auskommt. Du kannst also nach Herzenslust zugreifen." Sie lässt Beate allein und besucht den angrenzenden hellerleuchteten Raum.

„Hallo, Natalie!" wendet sie sich an die junge Frau. „Bist du jetzt auch im Weihnachtskomitee?"

Das Model reißt die Augen auf. „Um Himmels Willen: Nein! Ich wollte mich nur etwas solidarisch erweisen und habe ein paar Kosmetikartikel gestiftet, um anderen Frauen auch eine Chance zu geben, schön auszusehen. Wie gefallen dir meine Haare?"

„Das kurze Haar steht dir sehr gut. Du bist zwar noch nicht in dem Alter, wo man sich mit einer Frisur ein jüngeres Aussehen verschaffen möchte, aber diese Frisur verleiht dir einen gewissen jugendlichen Charme."

Natalie stutzt. „Machst du dich jetzt über mich lustig?"

„Warum sollte ich?" stellt Eliza eine Gegenfrage. „Aber ich freue mich, dass du auch etwas zu den Weihnachts-Überraschungen beiträgst. Wer ist in dem anderen hell erleuchteten Zimmer?"

Das Model seufzt. „Kannst du dir das nicht denken?! Meine Schwester treibt dort ihr Unwesen. Als sie gehört hat, dass ich etwas spenden will, musste sie natürlich direkt den gleichen Vorsatz fassen. Und jetzt will sie mich natürlich übertreffen. Sie ist nach Grasse gereist und hat dort teures französisches Parfüm erworben. Ich bin sicher, dass sie mit solchen Luxusartikeln die Leute hier in diesem Dorf nicht besonders erfreuen kann."

„Das kann man nicht so verallgemeinern. Es gibt hier bestimmt weniger begüterte Menschen, die auch von so einem Luxusartikel träumen. Ich finde es schön, dass das Sortiment so breit gefächert ist."

Natalie verzieht das Gesicht. „Wenn hier noch mehr Leute spenden und meine Schwester und ich uns weiter übertreffen wollen, könnt ihr hier mit all den Sachen noch ein soziales Kaufhaus eröffnen."

„Keine schlechte Idee", findet Eliza. „Seit wann seid ihr eigentlich so verfeindet, du und deine Schwester?"

Das Model runzelt Stirn. „Keine Ahnung! Wir hatten mal eine Katze, über die haben wir uns oft gestritten, und da hat sie mein Vater weggegeben. Danach haben wir uns immer wieder ein Haustier gewünscht, aber meine Eltern haben es nicht mehr erlaubt. Ich glaube, von da an war einer sauer auf den anderen, weil wir uns gegenseitig die Schuld zugeschoben haben, die Zukunft ohne Haustier verbringen zu müssen."

„Aber jetzt seid ihr doch erwachsen, jetzt habt ihr doch die Möglichkeit, euch selbst ein Tier auszusuchen."

„Jetzt wollen wir keins mehr. So ist er doch immer mit den Sachen, die erst verboten und dann erlaubt sind", entgegnet das Model bitter. „Unsere Eltern haben uns ja zwei kleine Eigentumswohnungen, die direkt nebeneinander liegen, gekauft, wahrscheinlich wollten sie uns auf diese Art und Weise miteinander versöhnen. Aber wir grüßen uns nicht einmal, wenn wir uns im Hausflur begegnen."

„Herr Schlumberger hat ganz liebe Hunde", verrät Eliza. „Er hat ja quasi ein privates Tierheim, und ich weiß, dass eine Pudel-Hündin vor kurzer Zeit mehrere Junge bekommen hat. Er hat mir schon berichtet, wie lieb diese kleinen Tierchen sind, und sie können schon fast alles, was ihre Mutter kann. Die gehörte nämlich auch einer inzwischen verstorbenen

Schauspielerin, und ist mit ihrer Herrin überall hingereist. Sie saß sogar brav am Set, wenn die Filme gedreht wurden. So ein Hund wäre doch ideal für euch."

Natalie protestiert. „Auf keinen Fall! Ich weiß doch, wie sehr meine Schwester damals unserer Katze nachgeweint hat. Sie denkt dann nur, dass ich sie noch mehr provozieren will. Aber so ein armes Tier würde ich wirklich nicht dazu missbrauchen."

„Das ist allein eure Entscheidung", beendet Eliza dieses Thema. „Ich wünsche dir noch einen schönen Abend! Wir sehen uns dann spätestens bei der großen Weihnachtsfeier. Oder bist du da schon anderweitig verplant?"

Das Model schüttelt den Kopf. „Ich habe an diesem Abend zufällig nichts vor. Ich werde also zusehen, wie sich die Tombola entwickelt. Die Geschenktüten verteilt ihr bestimmt schon früher, oder?"

„Ja, sonst würden wir bis zum Weihnachtsabend nicht fertig werden. Aber wir bitten die Empfänger, mit dem Öffnen der Geschenke bis zum Fest zu warten. Bei unserer gemeinsamen Feier sind besonders alle die eingeladen, die sonst allein wären. Es wird bestimmt eine schöne Veranstaltung, denn die Prinzessin Federica kommt mit ihrem berühmten Kinderchor, und ich bin sicher, diese Stimmen lassen den Abend zu einer besonderen Feier werden."

„Na, dann viel Spaß!" wünscht Natalie, aber es klingt eher mitleidig.

Kapitel 11

Gaby zeigt sich bei der Begrüßung weniger gesprächig. „Ich habe hier zu tun", entschuldigt sie sich und beschäftigt sich damit, die kleinen Proben des teuren Parfüms zu sortieren.

Eliza lässt sich nicht abwimmeln. „Ich finde das super, dass du extra nach Frankreich gefahren bist, um den Menschen mit solch ausgefallenen

Artikeln eine große Freude zu machen."

Gaby sieht die junge Frau misstrauisch an. „Meinst du das jetzt ehrlich?"

„Natürlich. Wer kann sich schon echtes Parfüm leisten?! Du kannst dir übrigens von den Anisplätzchen nehmen, die hier überall herumstehen. Sie haben kaum Kalorien."

„Nein danke! Das überlasse ich lieber meiner Schwester. Die frisst sich schon den ganzen Abend daran satt. Ist ja auch kostenlos. Dabei verdient sie genügend Geld, um einen halben Laden davon kaufen zu können."

„Dann kommst du bestimmt auch nicht zur großen Feier?!" versucht Eliza, das Model weiter auszuhorchen."

Gaby wird munter. „Oh doch! Ich lasse mir doch das Vergnügen nicht entgehen, zuzuschauen, wie Natalie auf ihren Kosmetiksachen sitzenbleibt, die sie im Billigladen erworben hat."

„Eigentlich bewundere ich euch, dich und deine Schwester. Ihr wohnt so nah aneinander, obwohl ihr euch nicht leiden könnt. Wie schafft ihr das bloß?"

„Wir sind eben wie Fremde. Man kann man sich auch nicht immer einen netten Nachbarn aussuchen. Das ist im Leben so. Aber ein bisschen Nachbarschaftsstreit gehört doch dazu. Ich möchte mir am liebsten einen Hund anschaffen, nur so, um meine Schwester zu ärgern. Hubertus Schlumberger hat gerade wieder welche, ganz kleine Tiere."

„Dazu sollte man ein Tier nicht missbrauchen. Aber dann seid ihr euch doch nicht so egal", stellt Eliza fest. „Und ich sehe, deine Haare sind immer noch schwarz. Warst du da nicht furchtbar wütend auf Natalie?"

Das Model schüttelt den Kopf. „Nein, das hätte sie wohl gern so gehabt. Ich wollte diese Farbe immer schon einmal ausprobieren und habe vermutet, dass sie mir gut steht."

„Diese Farbe kontrastiert gut zu deinem hellen Teint. Und gerade du als Model bist wahrscheinlich daran gewöhnt, immer mal etwas Neues auszuprobieren. Jetzt lass ich dich erst einmal allein, denn du scheinst ja noch allerlei vorzuhaben."

„Richtig! Du hast es erfasst. Was ich tue, will ich auch gutmachen. Und alles, was ich tue, mache ich ganz oder gar nicht. Das gilt auch für die Beziehung zu meiner Schwester. Ich kann sie nämlich nicht ausstehen. Das kannst du ihr von mir aus auch ausrichten, denn ich nehme an, sie hat dich hier zu mir geschickt, damit du mich ausspionierst."

„In so etwas mische ich mich nicht an", entgegnet Eliza. „Ich habe mit den Weihnachtsvorbereitungen weitaus wichtigere Dinge zu tun. Da interessiert es mich nicht, ob zwei erwachsene Schwestern ihren Streit aus der Kinderzeit kultivieren.

Möglicherweise findet ihr das sogar schön."

Gaby sieht die junge Frau überrascht an. „Nein, das finde ich überhaupt nicht, denn als kleine Kinder haben wir uns wunderbar vertragen, waren unzertrennlich wie die Zwillinge. Das war so die Zeit des Kindergartenalters. Aber unsere Eltern haben uns schon kurz vor ihrer Scheidung unterschiedlich behandelt. Mein Vater mochte mich mehr und hat mich bevorzugt, während meine Mutter Natalie vorgezogen hat und mich benachteiligte. Da waren wir immer schon etwas eifersüchtig aufeinander, und als wir uns dann von Minki trennen mussten, war es ganz aus mit unserer schwesterlichen Freundschaft. Später haben unsere Eltern dann wohl eingesehen, dass sie einen Fehler gemacht haben, und deswegen haben sie uns diese Eigentumswohnungen gekauft."

„Wie ist denn das mit den Haaren passiert? Habt ihr denn auch die Hausschlüssel der schwesterlichen Wohnung?"

„Nein, wir haben die Gelegenheit genutzt, als man uns gemeinsam für einen Werbefilm gebucht hatte. Zwei Wochen haben wir da in einer Berghütte gedreht. Dort schliefen alle Schauspieler und Komparsen in einer Jugendherberge in Mehrbettzimmern."

Eliza verkneift sich ein Lächeln. „Was hat man denn zu eurem veränderten

Aussehen gesagt? Konntet ihr da einfach so weiterdrehen?"

„Tatsächlich ging es um eine Werbekampagne für Ski-Bekleidung. Es wurde im Schneegebiet gedreht, und wir steckten in warmen Anzügen mit Kapuzen und versteckt hinter Sonnenbrillen. Es wurden jeden Tag neue Modelle vorgeführt, und der Regisseur amüsierte sich. Er machte sogar einen Witz über uns und meinte, jetzt habe er noch zwei Schauspieler umsonst hinzu gebucht."

Eliza schmunzelt. „Dann werdet ihr wohl vermutlich nie mehr eine gemeinsame Arbeit übernehmen?"

Gaby grinst. „Oh doch! Wenn sich wieder eine Gelegenheit ergibt, bin ich wieder dabei."

„Dann wünsche ich dir weiter gutes Gelingen! Bis spätestens zur Weihnachtsfeier und Ciao", verabschiedet sich die junge Frau des Festkomitees.

In diesem Augenblick erscheint Beate und wirft einen bösen Blick auf die beiden Frauen. „Hat das junge Gemüse wieder einmal nichts zu tun als nur große Reden zu schwingen?! Ich bin schon lange fertig mit meiner freiwillig übernommenen Aufgabe. Jetzt muss ich endlich wieder zurück. Mein Bruder wartet bestimmt schon."

„Das glaube ich kaum", sagt Eliza mit gedämpfter Stimme. „Es ist wichtig, dass ich mich hier um alles kümmere. Aber du hast Glück, jetzt bin ich auch so weit. Wir können wieder zurück."

Frau Kohlmeyer möchte auch dazu das letzte Wort haben. „Das wird auch Zeit. So eine lächerliche Weihnachtsfeier ist lange nicht so wichtig wie das ausführliche Gespräch mit meinem Bruder. Er muss jetzt endlich mit allem Farbe bekennen."

Kapitel 12

Greta stellte eine Schale mit Rührei auf den Tisch und sieht die Freundin aufmunternd an. „Bei all der vielen

Arbeit müssen wir uns solch ein gemütliches Wochenendfrühstück einmal leisten. Wir haben in den letzten Wochen schon so viel geschafft, jetzt müssen wir uns auch einmal belohnen."

„Du hast wieder mal recht", stimmt ihr Eliza lächelnd zu. „Wir konnten tatsächlich schon eine Menge an Vorbereitungen erledigen. Außerdem ist das ja auch ein halbes Geschäftsessen. Meine Erlebnisse mit Beate, Gaby und Natalie habe ich dir bereits erzählt. Und jetzt bist du dran! Wie war es mit Benny?"

„Der ist wirklich ein fantastischer Mensch. Man kann sich gar nicht vorstellen, dass diese Beate seine Schwester ist."

„Sie hat wohl immer wieder spontan Dinge angefangen, die nicht wirklich gut überlegt waren und viele Risiken beinhalteten. Aber ich wollte jetzt gar nicht über diese Möchte-gern-Geschäftsfrau mit dir reden. Dazu bin ich viel zu neugierig auf euren gestrigen Abend. Was habt ihr angestellt?"

„Wir waren noch eine ganze Weile in dem Restaurant. Benny wollte eine ganze Menge über mich wissen, sogar aus meiner partnerschaftlichen Vergangenheit, auf die ich nicht gerade stolz bin."

Eliza reicht der Freundin den Brotkorb. „Dann vermute ich, dass er echtes Interesse an dir hat."

„Ja, das haben sie doch alle erst einmal am Anfang. Aber ich habe ein

Kind. Ich werde nichts tun, was Jakob schadet."

„Warum soll ein so netter Mann wie Benny etwas gegen deinen Sohn haben?!" Eliza nimmt einen Schluck Kaffee.

„In der Theorie ist es immer ganz gut mit den Patchworkfamilien. Aber Benny wünscht sich auch noch ein eigenes Kind. Dann stellt sich immer wieder die Frage, ob er Jakob genauso lieben kann wie ein gemeinsames Kind von uns."

„Die Menschen sind individuell, und man liebt auch jeden anders, auch jedes eigene Kind. Es kommt nicht auf die Quantität, sondern auf die Qualität an."

Greta stöhnt. „Du immer mit deinen schlauen Sprüchen! Das hilft mir jetzt auch gar nicht weiter. Jedenfalls habe ich mich nicht von ihm nach Hause bringen lassen, das war mir zu heikel."

„Du hast was?" fragt Eliza gedehnt und sieht die Freundin ungläubig an. „Ich hatte gehofft, dass ihr einen romantischen Abend verbringt."

„Es hat so sehr zwischen uns knistert, und ich habe mich so nach einer Umarmung von ihm gesehnt. Ich weiß nicht, was passiert wäre, wenn er noch bei mir einen Kaffee getrunken hätte."

„Das kann doch nicht wahr sein! Du bist eine geschiedene Frau und hast nach niemandem etwas zu fragen. Du liebst Benny doch schon ziemlich lange, und ihm scheint es auch sehr ernst zu sein, wenn er sich so sehr für dich ich interessiert. Schließlich habe ich euch gestern Abend beobachten können, und gesehen, mit was für verliebten Blicken er dich fast auffrisst."

„Natürlich sagt mein Herz ja zu ihm, aber mein Kopf weiß eine ganze Menge Argumente, die gegen eine Beziehung mit ihm sprechen. Ich bin eine ganz arme Maus mit vielen Schulden aus der vergangenen Ehe. Damit möchte ich Benny wirklich nicht belasten. Wenn er das erfährt, wird er denken, ich habe mich wegen seines Geldes an ihn heran gemacht. Und jetzt ist auch noch seine geldgierige Schwester da, sie wird eine Verbindung zwischen

Benny und mir bestimmt nicht zulassen.“

„Ich hatte nicht den Eindruck, dass er sich etwas von seiner Schwester befehlen lässt.“ Eliza leert die Tasse. „Er wird sicher nicht auf ihre eifersüchtigen Reden hören. Du siehst alles viel zu negativ. Am besten isst du noch einige von den Anisplätzchen!“

„Ich werde zu Johanna gehen“, antwortet Greta düster. „Vielleicht weiß sie eine Magie gegen unglückliche Liebe. Gibt es nicht das „Kraut des Vergessens?“

„Jetzt siehst du wirklich alles viel zu schwarz. Mit diesen Problemen, die du für die Zukunft siehst, müssen viele Menschen und viele Familien fertig werden. Es gibt nicht nur in den Patchwork Familien Probleme. Überall, wo sich zwei Menschen zusammentun, muss man achtsam sein. Man muss Kompromisse schließen, aber darauf achten, dass sie niemandem schaden. Immer, wenn Liebe da ist, sollte man die Risiken nicht überschätzen, sondern Mut haben, und es einfach versuchen."

„Blablabla!" Greta schmunzelt. „Das sagt mir die Richtige. Hast du nicht immer schon für Enrico, unseren Bürgermeister geschwärmt? Aber du hältst auch deine Gefühle zurück, weil dir dein Kopf Argumente gegen diese Beziehung einreden will."

„Das ist doch etwas ganz anderes. Er ist nicht nur im Ort das Oberhaupt, sondern eine ganze Generation älter

als ich. Wo soll das denn hinführen?!
So etwas geht immer nur eine Zeit
lang gut."

„Und diese Zeit willst du jetzt
verschwenden?" wirft die Freundin
ein.

„Immerhin verbringen wir einige Zeit
miteinander, wenn wir für die Bürger
von San Lorenzo und Umgebung
einige schöne Programme gestalten.
Das muss eben reichen. Eine Liebe
kann auch so gelebt werden, man
muss sich nicht unbedingt im Alltag
miteinander herumärgern."

Greta lacht. „Siehst du! Wer sieht
jetzt alles negativ?! Entweder sind
wir beide sehr gescheit oder sehr
dumm, und das wird sich noch
herausstellen. Aber Benny war gar
nicht böse, dass ich ihn nach Hause

geschickt habe, nur etwas enttäuscht."

„Sicher wird er jetzt nicht gleich das Interesse an dir verlieren", vermutet Eliza. „Ich halte ihn für einen Mann, der weiß, was er will, und der auch dafür kämpft."

Greta füllt frischen Orangensaft in die Gläser. „Das wird sich zeigen. Aber das Neueste über Herrn Schlumberger weißt du noch gar nicht. Ich war heute Morgen schon bei ihm."

Die Freundin richtet ihren Blick erwartungsvoll auf ihr Gegenüber. „Was hat er gesagt? Würde er uns diese beiden unzertrennlichen Hunde geben?"

„Da gibt es ein großes Problem. Zwar sind diese beiden kleinen Hunde Romeo und Julia ständig wie unzertrennlich zusammen, während ihre Geschwister Marte und Venere ständig miteinander zanken, aber es haben sich bereits zwei Kinder aus der weiteren Umgebung gemeldet, die gerade an den beiden Unzertrennlichen Interesse haben. Eine Leonie, die auf einem Hof in den Bergen wohnt, möchte unbedingt den Romeo, und ein Angelo aus Meran wünscht sich, der sich die Julia."

„Aber dann wären die Hunde doch getrennt", stellt Eliza entsetzt fest.

„Nicht gänzlich. Leonie und Angelo sind früher zusammen in eine Schule gegangen. Sie kannten sich gut und waren Freunde, aber dann zogen Angelos Eltern in nördliche Richtung, und die beiden Schulfreunde müssen sich nun mit den Ferien begnügen, wenn sie sich sehen wollen. So haben sie sich dann hier mit Erlaubnis ihrer Eltern bei Ermanno Schlumberger einen Hund ausgesucht, den sie dann im neuen Jahr mit nach Hause nehmen wollen. Sie haben dabei wohl irgendwo die Hoffnung, dass sie durch die Hunde doch öfter einmal zusammen sein können."

Eliza verzieht das Gesicht und seufzt. „Das ist eine blöde Geschichte. Wenn sich die Kinder schon in diese Hunde verliebt haben, wollen wir sie auch nicht mehr enttäuschen. Oder wie denkst du darüber."

„Es war schon eine gute Idee von dir, diese beiden unzertrennlichen Hunde für Gabi und Natalie auszusuchen. Die beiden Hunde hätten immer den Wunsch gehabt, miteinander spielen zu wollen, und die beiden Schwestern wären möglicherweise ihren Hunden gefolgt. Aber könnte es nicht auch eine Aufgabe sein, eine Versöhnung zwischen den beiden Hunden herzustellen, die sich ständig zanken? Immerhin handelt es sich um ein Weibchen und ein Männchen. Jetzt sind sie noch Welpen, aber wenn sie älter werden, können Sie sich vielleicht lieben lernen."

„Vielleicht haben wir viel zu romantische Vorstellungen", überlegt

Eliza. „Sollten wir vielleicht nur einen Hund unter Vorbehalt aussuchen, der sich mit beiden Schwestern gut versteht?"

„Nein, ein Hund, der mal in der einen, mal in der anderen Wohnung wohnen darf, das ist auch keine Lösung. Wie wäre es denn, wenn wir die Lose der Tombola ein wenig manipulieren? Es dient ja schließlich einem guten Zweck. Dann bekommen Gabi und Nathalie hier ein Gutschein für einen Hund. Und der liebe Opa Schlumberger wird dann natürlich im Laufe des Abends mit den Welpen erscheinen. Dann können sich die beiden Frauen selbst einen Hund aussuchen."

„Die Idee mit dem Gutschein ist schon gut. Aber so viele Welpen auf der Weihnachtsfeier? Und warum sollen es denn wirklich nur Welpen sein? Vielleicht sollte es für uns ein Zeichen sein, dass Romeo und Julia schon den Kindern versprochen sind. Dann können sich die Schwestern auch Hunde aussuchen, die schon etwas älter und nicht mehr so gut vermittelbar sind."

„Ja, das klingt auch nicht schlecht", findet Greta. „Meinst du wirklich, dass beide Frauen einen Hund verdienen? Zwei Schwestern, die so unfreundlich zueinander sind, da könnte jede von ihnen vielleicht auch eine mangelhafte Halterin eines Hundes sein."

„Ich weiß sowieso nicht genau, was ich von dem ganzen Streit halten soll", sinniert Eliza. „Ist das alles wirklich ernst gemeint? Oder kann man sagen: Was sich liebt, das neckt sich? Vielleicht meinen es die Schwestern gar nicht so böse?"

Greta hebt die Augenbrauen. „Die Sache mit den Haaren finde ich nicht sehr spaßig. Was würdest du sagen, wenn du morgens mit abgeschnittenen Haaren aufwachst oder du plötzlich beim Trocknen der Haare eine neue Haarfarbe an dir entdeckst? Sie konkurrieren ständig miteinander, ist das noch Spaß oder brauchen sie das?"

„Das müsste ein Therapeut herausfinden. Aber ich glaube, die Sache mit den Gutscheinen können wir trotzdem durchziehen. Schließlich haben beide schon einmal mit einem Tier zusammengelebt und waren sehr glücklich darüber. Vielleicht können sie gerade mit diesen Tierchen ihre gemeinsame Beziehung noch einmal aufarbeiten. Sicher hat Ermanno Schlumberger gegebenenfalls Hunde, die sich vertragen. Er kann ihnen ja sicher zu jedem Hund etwas erzählen."

„Warum sollten sie sich unbedingt vertragen? Eigentlich wären Marte und Venere doch die Richtigen für die streitsüchtigen Schwestern. Dann sehen sie an einem Beispiel, wie unsinnig diese Haltung ist. Und gerade, weil diese Rasse so geeignet ist, bei allen Aktionen, ohne zu stören, dabei zu sein, wären sie die idealen Tiere für Gabi und Natalie."

„Ja, da hast du recht. Möglicherweise finden sich ja intuitiv die richtigen Hunde zu den richtigen Frauchen."

Kapitel 13

Donata freut sich über den Weihnachtsstern, den ihr Eliza in die Hand drückt. „Er hat prachtvolle Blüten", findet die ältere Dame, „und er sieht sehr gesund aus. Seid ihr mit dem Plätzchenbacken schon fertig geworden?"

„Allein hätten wir es nicht geschafft, Greta und ich. Zuerst hatten wir Hilfe von unseren Kindern. Meine Tochter Nina hat genauso fleißig mitgeholfen wie Jakob, der Sohn meiner Freundin. Johanna ist später ebenfalls noch hinzugekommen, und bei ihr ging alles dann ganz schnell, so, als ob sie magische Hände hätte."

Donata lächelt. „Es gibt tatsächlich Menschen mit magischen Händen, und das kann sich auf verschiedene Art und Weise äußern. Auch Albert gehört zu diesen begabten Wesen. Wie weit bist du mit ihm gekommen?"

„Leider noch nicht so weit, wie ich es gern hätte. Mittlerweile futtert er zwar die Anis- Plätzchen und bei erzieherischen Fragen möchte er nur allzu gern behilflich sein, aber ich glaube, er ist noch lange nicht so weit, den Wunsch seiner Frau zu erfüllen. Das kann ich nicht ganz verstehen. Immerhin behauptet er doch, sie geliebt zu haben. Und er trauert ihr doch auch jetzt noch nach."

„Die Schuldgefühle! Die Schuldgefühle sind es immer, die den Menschen kein gutes Verhältnis zu ihren Verstorbenen erlauben. Vermutlich denkt er immer noch, er hätte zu wenig für seine Frau getan."

„Aber wie kann ich ihm denn helfen? Ich bin doch keine Therapeutin."

„Therapeuten sind wunderbar. Aber viele Leute gehen selbst in unserer fortgeschrittenen und gut entwickelten Zeit nicht zu solch einem Berater. Das ist oft sehr schade. Auf der anderen Seite haben wir früher in vergangenen Zeiten unsere Probleme auch miteinander und untereinander gelöst. Kleinere Probleme kann man auch lösen, wenn man einfach miteinander redet. Selbst ein einfacher Zuhörer kann sehr hilfreich sein. Aber etwas zusätzliche Hilfe könntest du schon gebrauchen. Albert ist wohl eine harte Nuss. Da brauchen wir etwas musikalische Unterstützung von Federica, und etwas Magie von Johanna."

„Denkst du an das Weihnachtskonzert zu unserem Fest? Ich glaube nicht, dass Dr. Biermann dorthin geht."

„Nein, das glaube ich auch nicht. Sicher ist er noch nicht so weit. Aber ich werde die Prinzessin von San

Lorenzo bitten, mit einigen Kindern ein Adventssingen zu veranstalten. Gleich am kommenden Sonntag könnte sie mit den kleinen Engelchen an seine Haustüre kommen."

Eliza überlegt. „Ob er da wohl zuhört? Viele Menschen werden bei Musik sentimental. Und die Weihnachtslieder stimmen ganz festlich und wecken feierliche und melancholische Gefühle. Ich vermute, dass er solche Stimmungen in sich selbst nicht zulassen will."

„Johanna wird helfen können", glaubt Donata.

„Du hältst wohl sehr viel von Johanna", vermutet die junge Frau.

„Wenn ich dich richtig verstanden habe, kann sie sehr viel, und mehr als andere Menschen. Ist Magie denn eine gute Sache? Darf man sich damit überhaupt beschäftigen oder kommt man damit dem lieben Gott in die Quere?"

Die ältere Dame lächelte nachsichtig. „Alles Gute, das vom Himmel kommt, ist von einem Schöpfer. Natürlich unterscheidet man zwischen weißer und schwarzer Magie. In manchen Ländern gibt es so eine Art Voodoo Kult, da versuchen Personen, anderen Menschen etwas Böses zu wünschen oder anzutun. Das ist nicht gut. Die Kräfte, die Johanna geschenkt wurden, sind völlig normale liebenswerte Energien. Die darf man nutzen, denn sie sind von Gott geschenkte Talente. Wenn du eine

Krankheit hast, gehst du zu einem Arzt und lässt dir helfen. Dann sagst du auch nicht: Gott hat diese Krankheit gewollt, ich muss jetzt unbedingt daran sterben. Der Mensch darf alles Positive in positiver Weise nutzen, um sich und anderen zu helfen, pflanzliche Medikamente, Energien der Natur oder die Kräfte, die der Himmel in den Menschen gelegt hat."

„Aber wie funktioniert denn eigentlich diese Magie bei Johanna? Kann sie zaubern?"

„Es ist eine Art Zauberei, ja, denn sie hat ein Gespür für alle Kräfte des Himmels und der Erde. Du erinnerst dich bestimmt an die großen Sommerfeste, die am Gardasee gefeiert werden, wenn das Fest des heiligen Lorenzo gefeiert wird und die Sternschnuppen vom Himmel fallen. Gerade jetzt im Dezember sind wieder viele Sternschnuppen-Schauer über den Himmel gezogen. Man nennt sie ganz prosaisch die Geminiden. Das ist ein Meteor-Strom mit unzähligen Sternschnuppen, bei dem sich viele Menschen etwas wünschen. Wer daran glaubt, der kann in sich Kräfte verspüren und seine Ziele besser verfolgen. Es geht wohl eine unglaubliche Energie aus dieser Naturgewalt hervor, vergleichbar mit der Energie einer winzigen Sonne."

Eliza staunt. „Und Johanna spürt etwas davon?"

„Johanna ist nicht nur sehr empathisch, sie hat auch ein sehr großes Herz. In ihr wandelt sich alle Energie, die sie empfängt, in eine große Menschenliebe. Sie hat es mir einmal so erklärt: „Wenn ich vom Himmel in irgendeiner Form Kraft empfange, dann fühle ich mich wie das kleine Mädchen in dem Märchen Sterntaler. Aber es fallen nicht lauter Goldstücke vom Himmel, sondern kleine Herzen, die in Liebe leuchten. Ich fange sie auf und fühle mich erfüllt von innerer Wärme. Da sind kleine flammende Herzen, aber auch viel Licht, mit dem ich anderen Menschen einen dunklen Weg erleuchten kann." So hat es mir dieses Mädchen, diese engelhafte junge Frau einmal erklärt."

„Dann brauche ich sie unbedingt", entscheidet Eliza. „Ich brauche

Johannas Hilfe und die Musik von Federica."

„Das lässt sich mit Sicherheit so einrichten", antwortet Donata fröhlich. „Denn mit den Plätzchen ist das so eine Sache. Ich habe dich ein bisschen angeschwindelt. Sie wirken nicht so, wie ich es dir versprochen habe."

Die junge Frau staunt. „Dann sind sie so etwas wie Placebos?"

„Nein, nicht ganz. Anis hat ja große Wirkungen im menschlichen Körper, und somit auch auf die Seele. Aber nicht jeder öffnet dadurch auch sein Herz, geschweige denn seine verschlossenen Gefühle. Tatsächlich wirken diese Plätzchen bei jedem so, wie er es erwartet. Nicht mehr und nicht weniger."

Eliza stöhnt. „Dann haben wir ganz umsonst so viele Plätzchen gebacken? Ist denn jetzt überhaupt nichts geschehen?"

„Oh doch! Es ist sehr viel geschehen. Aber mehr durch dich und durch ganz viel Symbolik. Damit hast du jetzt schon einmal die ersten Türen geöffnet. Und ich habe eben gehört, dass sich Amanda bei dir für die Weihnachtstüte persönlich bedanken will. Am besten gehst du gleich zu ihr und knüpfst einen guten Kontakt. Ich habe das Gefühl, dass sie dir ihr Herz ausschütten will."

„Ist es denn nicht wichtiger, wenn ich mich um Albert kümmere, der immer noch so verschlossen ist?"

„Später, Liebes! Er macht gerade einen Spaziergang durch den Wald."

„Aber es ist doch schon ganz dunkel draußen, er sieht doch dann nichts", wundert sich die junge Frau.

„Wenn man allein sein will, bietet einem die Dunkelheit viel Raum für die Gedanken. Das lässt darauf schließen, dass du ihn bereits dazu angeregt hast, über sein augenblickliches, einsames Leben nachzudenken."

Eliza seufzt leicht. „Ich mache mir die ganze Zeit darüber Gedanken, wie man ihm weiterhelfen kann."

„Wir müssen Geduld haben. Aber ich bin davon überzeugt, dass wir etwas bewegen können. Amanda erwartet dich in der Hundepension von Herrn Schlumberger. Sie geht dort manchmal hin und hilft ihm, die Hunde auszuführen."

„Dann ist sie doch ganz in der Nähe des Mannes, den sie so sehr liebt. Warum besucht sie ihn nicht einmal?"

„Sie will sich ihm nicht aufdrängen. Sie hofft immer noch, dass Roberto sie eines Tages zu sich einlädt."

„Und warum tut er das nicht? Weiß sie denn nichts von seinem Rollstuhl?"

„Oh doch, natürlich! Sie hat ihm doch auch schon einen neuen gekauft, einen elektrischen, ganz modern und mit allen Schikanen."

„Und mit welchem Vorwand lehnt er ihren Besuch ab?" fragt Eliza irritiert.

„Er sagt, er möchte nicht, dass sie ihn so hilflos sieht. Aber böse Zungen im Dorf sagen, er hat gar keine Lust, sie näher kennenzulernen. Er wolle nur ihr Geld und sonst nichts, und mit all den Liebesbriefen halte er sie nur bei Laune. Der Gastwirt eures Stammlokals, in dem ihr euch nach den Chortreffen versammelt, behauptete sogar, er schreibe alle Verse aus Büchern ab."

„Ich muss ihn unbedingt auch bald kennenlernen. Aber eins nach dem anderen. Zuerst kümmere ich mich um Amanda."

„Nimm ihr die große Tüte Anisplätzchen mit, die sie sich gewünscht hat. Und wundere dich nicht über Herrn Schlumberger, denn er hat sich in Amanda verliebt. Und weil sie keine Männer mit Bärten mag, hat er sich seinen vorgestern abrasiert. Du wirst ihn kaum wiedererkennen."

Eliza kichert. „Was ist denn nur hier in dieser Region los? Es ist doch Winterzeit und kein Frühling, aber alle Leute scheinen sich zu verlieben. Meine Freundin Greta in Benny, den Ladenbesitzer, Amanda in Roberto, den Autohändler, und nun auch noch Opa Schlumberger, der Samariter für Hunde, in die reiche Amanda. Das hört sich nach einem richtigen Liebesfrühling an."

„Liebe hat weder etwas mit dem Alter noch mit einer Jahreszeit zu tun", findet Donata. „Und das hat der Dichter Pablo Neruda in wunderschöne Worte gebracht. In meiner melodischen italienischen Sprache heißt das: „Potrei recidere tutti i fiori, ma non fermerei la primavera." Das heißt frei übersetzt: „Selbst, wenn man alle Blumen abschnitte, könnte man damit den Frühling nicht verhindern." Es wird immer wieder Frühling werden, und gerade die Menschenliebe zur Weihnachtszeit blüht oft wie eine Christrose."

„Über diese schönen Worte will ich gern nachdenken", verspricht die junge Frau. „Bis später! Ich melde mich und werde dir alles berichten."

Kapitel 14

Amanda hält den großen Berner-Sennen-Hund fest an der Leine. „Mit ihm traut man sich auch, in der Dunkelheit spazieren zu gehen", teilt sie Eliza mit. „Ich bin froh, dass ich hier bei Hubertus aushelfen kann. Das verschafft mir die nötige Bewegung."

„Das ist wohl sehr wichtig für jeden Menschen", bestätigt junge Frau.

„Ich bin ein Genießer-Mensch, ich nasche viel zu viel", gesteht die Hundeliebhaberin. Das sieht man natürlich an meiner Figur. Daher macht mir diese Bewegung hier mit den Hunden doppelt Spaß."

„Die Tierchen freuen sich bestimmt sehr", vermutet Eliza. „Herr

Schlumberger muss sich aufteilen. Da kann er sich nicht um einen Hund allein kümmern. Ich habe dir die Tüte mit den Anisplätzchen mitgebracht. Wir dürfen sie nachher nicht in meinem Auto vergessen. Meine Freundin Greta und ich haben mithilfe unserer Kinder und einiger anderer freundlicher Helfer sehr viel davon gebacken. Und nun hat mir unser Hundefreund Bescheid gegeben, dass du mich auch persönlich sprechen möchtest. Hast du noch einen bestimmten Wunsch an die Weihnachtsengel?"

„Das ist wohl eine lustige Geschichte", findet Amanda. „Ihr habt wohl mehrere Adressen. Eine Nachricht habe ich bei unserem guten Schlumberger für dich hinterlassen und eine im Briefkasten der alten Donata. Alle im Dorf munkeln, dass dort das Christkind persönlich die Wunschzettel herausholt. Aber vermutlich ist es nur eine Putzfrau, die dort nach dem Rechten sieht. Stimmt es? Denn die Donata wohnt schon seit Ewigkeiten nicht mehr in diesem Haus."

„Ich hoffe, ich zerstöre jetzt nicht deine Träume, wenn ich dir verrate, dass Greta und ich diese Weihnachtsengel spielen und den Wunsch-Briefkasten leeren. Was weißt du denn über diese alte Dame?"

„Sie ist wohl vor vielen Jahren zu ihren Verwandten gezogen, aber da sie sich nie mehr gemeldet hat, nehmen einige an, dass sie schon verstorben ist. Auf jeden Fall war sie in dieser Gegend sehr beliebt. Sie hat sich auch in alles eingemischt, genauso wie du."

„Ich finde, dass man auch in der Weihnachtszeit niemanden allein lassen sollte, und ein paar private Wünsche sollten auch erfüllt werden."

Amanda stöhnt. „Bei mir wird es schwierig, denn eigentlich bin ich glücklich."

„Eigentlich? Geht so etwas denn? Ist man nicht entweder glücklich oder nicht."

„Bei den meisten Frauen hat das Glück tatsächlich etwas mit einem Partner zu tun, komisch, nicht wahr?! Bei mir jedenfalls klappt es in vielen Bereichen. Ich habe alles, was ich zum Leben brauche, auch Geld genug, und so viel, dass ich einiges stiften kann. Auf euer Weihnachtskonto habe ich auch eben noch eine kleine Summe überwiesen."

„Das ist schön, danke! Es gibt immer noch genug Menschen, denen wir etwas schenken können."

„Das habe ich gern gemacht", fährt Amanda fort. „Ich bin auch relativ gesund, habe keine schwerwiegende Krankheit. Aber vor allen Dingen bin ich sehr glücklich, weil ich einen Mann kennengelernt habe, den ich liebe. Und ich habe das Gefühl, dass er mich auch liebt, denn seine Briefe sind die schönste Poesie."

„Das hört sich gut an", findet Eliza. „Ein Mann, der sich dazu viel Mühe gibt, ist schon eine Seltenheit. Dann sind diese Liebesbriefe eine Art Seelennahrung für dich, stimmt's?"

„Ja, du verstehst mich. Ich esse und trinke und genieße es sehr, mit Körper und Seele. Aber die Liebesgedichte von Roberto sind etwas Außergewöhnliches, mit ihnen fühle ich mich in diesem Leben wie im Himmel. Er führt mich in romantische Höhen und sinnliche Stunden. Und seine Worte rufen ein Echo in mir hervor, so leben wir beide in unserer Traumwelt aus Liebe."

„Das ist wirklich ein Geschenk", findet die junge Frau.

„Ich bin also sehr glücklich, über das, was mir vom Leben geschenkt wird, und ich weiß, dass viele Menschen nicht so viel haben wie ich. Genau deswegen wage ich es auch nicht, mir mehr zu wünschen."

„Ich denke, man darf sich Dinge wünschen, nach denen sich das Herz sehnt. Das Schicksal und der Himmel entscheiden dann schon, ob es machbar ist oder nicht. Sicher wünschst du dir ein Leben gemeinsam mit Robert. Stimmt es?"

„Siehst du? Auch das weiß ich nicht einmal genau. Im Moment bin ich glücklich. Ich habe mein Auskommen, bin gesund und Robert ist lieb zu mir. Mehr als nur lieb, denn er verwöhnt mich mit diesen Worten. Wenn ich mir die vielen

Partnerschaften anschaue, in denen die Menschen Probleme haben oder sogar leiden, dann weiß ich gar nicht, ob ich mir mehr Partnerschaft wünschen soll."

Eliza nickt. „Trotzdem wünschst du dir im Geheimen mehr, das versteht jeder."

Amanda seufzt. „Wahrscheinlich wäre es zu viel Glück. Aber seitdem du allen Menschen hier besondere Weihnachtswünsche erfüllst, muss ich immer wieder daran denken, und es lässt mir keine Ruhe."

„Was kann ich also tun für dich?"

„Ich habe zwei Fragen. Ich möchte wissen, warum Roberto bisher noch nichts dazu getan hat, dass wir uns näherkommen. Und die andere

Sache, die ich wissen möchte, ist, ob seine Liebe wirklich echt ist. Wenn ich seine Briefe lese, dann bin ich fest davon überzeugt. Aber die Leute im Ort munkeln, dass er sich nur für mein Geld interessiert."

„Wie läuft das denn da zwischen euch? Gibst du ihm regelmäßig etwas?"

„Ja, aber nur kleine Summen. Am Anfang, da habe ich ihm einmal eine große Summe überwiesen, damit er seine Firma vor dem Ruin retten konnte. Aber danach waren es nur noch Kleinigkeiten, mit denen er sich eine Freude machen kann."

„Es wird schwer werden, Antworten auf deine Fragen zu erhalten", überlegt Eliza. „Ich hatte zwar sowieso vor, Roberto zu besuchen, aber ob ich da herausfinde, was er wirklich fühlt?"

„Natürlich wirst du jetzt auch zu mir sagen: Versuche es doch selbst herauszufinden! Aber kannst du auch verstehen, dass ich davor Angst habe? Das hört sich alles sehr blödsinnig an, denn auch du könntest herausfinden, dass er mich nicht liebt. Vielleicht bin ich einfach etwas verrückt. Möglicherweise sollte ich lieber alles so lassen, wie es ist und einfach glücklich sein. Denn das bin ich ja jetzt!"

Eliza seufzt. „Das ist wirklich eine verzwickte Angelegenheit. Wenn du jetzt wirklich glücklich bist, solltest du dir wirklich überlegen, ob du mehr wissen willst. Tatsächlich gibt es ja eine ganze Reihe von

Partnerschaften, in denen es ähnlich abläuft. Da belügen sich die Partner oder verheimlichen sich eine ganze Menge, aber gerade deswegen, weil sie nichts voneinander wissen, sind sie glücklich. Sicherlich kennst du auch das Wort von der barmherzigen Lüge. So ist man sich ja auch gar nicht sicher, ob man einen einmaligen Fehltritt beichten soll oder nicht, besonders wenn er nichts mit Liebe zu tun hatte. Mit der Wahrheit können viele Menschen nicht gut umgehen."

Amanda nickt. „Über dieses Thema sind schon viele Bücher und auch Theaterstücke geschrieben worden. An eines kann ich mich erinnern, es hieß, „Die Welt will belogen sein"."

„Allerdings könnte man herausfinden, ob er mit diesem Zustand so glücklich ist, das werde ich ihm bei einem Besuch bestimmt anmerken. Es besteht ja auch die Möglichkeit, dass er mit diesem Zustand ebenso wenig zufrieden ist wie du. Vielleicht liegt es tatsächlich nur an dem Rollstuhl, an den er sich gefesselt fühlt. Vielleicht hat er deswegen Komplexe und fürchtet sich, dich zu verlieren, wenn du ihn in diesem für ihn unromantischen Zustand siehst. Solange ich ihn nicht getroffen habe, kenne ich seine Motive nicht."

Der Hund bleibt stehen und Amanda auch. „Ich sollte mir das Ganze wirklich noch einmal überlegen. Aber auf der anderen Seite, wenn ich weiß, dass du jetzt bald zu ihm gehst und zufälligerweise etwas über ihn herausbekommst, dann werde ich natürlich neugierig sein, und es wird mir keine Ruhe lassen, bis ich dich nach deiner Meinung frage."

„In dieser Sache muss man wirklich Mut zum Risiko haben", findet Eliza. „Ich kann mir einfach nicht vorstellen, dass du mit dieser wunderschönen, aber platonischen Liebe völlig zufrieden bist. Außerdem stellst du dir ja bereits die Frage, ob er mit all seiner Liebe dich meint oder dein Geld. Es lässt dir ja jetzt schon keine Ruhe, auch wenn du dich immer wieder selbst betäubst und in seinen Gedichten schwelgst."

„So habe ich das noch gar nicht betrachtet. Ich versuche, die Frage in mir zu ignorieren."

Eliza streichelt den Hund. „Es ist natürlich eine ganz persönliche Sache, die ich für dich übernehmen soll, ganz privat, denn es geht um die tiefsten, inneren Gefühle. Bist du sicher, dass du nicht selbst recherchieren solltest? Ist es richtig, dass sich da ein Fremder einmischt? Eure Liebe ist nicht nur etwas Besonderes, sondern auch sehr intim. Wird sie nicht verletzt, wenn sie so nach außen getragen wird?"

„Jetzt bin ich ein wenig verwirrt. Du meinst, es sei besser, wenn ich ihn einfach frage, ob ich ihn Weihnachten besuchen darf?"

„Vielleicht muss man es nicht so konkret direkt auf den Punkt bringen. Vielleicht könntest du ihn fragen, ob er an Weihnachten allein ist oder allein sein möchte."

„Das ist allerdings keine private und intime Frage", findet Amanda. „Die könntest du ihm doch auch stellen. Dann habe ich wenigstens einen kleinen Anhaltspunkt. Würdest du das für mich tun?"

Eliza überlegt einen Moment. „Ja, das kann ich so ganz beiläufig fragen, denn ich lade auch alle einsamen oder alleinstehenden Menschen zur Weihnachtsfeier ein. Dazu wird er sich irgendwie äußern."

Ihr Gesicht erhellt sich. „Mir hat der Bürgermeister auch eine Einladung geschickt, und ich überlege mir schon die ganze Zeit, ob ich an diesem Fest teilnehmen soll. Dazu kommt mir jetzt auch eine Idee. Wenn das Festkomitee ihn einlädt, wird er dort vielleicht auch sagen, ob er zu dieser Feier erscheinen will. Oder denkst du, dass er wegen des Rollstuhls zu Hause bleibt?"

„Das Thema Barrierefreiheit wird heute großgeschrieben, und in den Saal kann er auf jeden Fall kommen. Aber ob er selbst wegen seiner Behinderumg unbegründete Hemmungen hat, das kann ich so nicht beurteilen. Ich kenne ihn ja noch nicht gut genug. Ich muss gestehen, dass ich bei ihm noch kein Auto gekauft habe."

Amanda lächelt. „Siehst du, ich brauche bald ein neues Auto. Und wenn wir jetzt wegen der Weihnachtsfeier bei ihm noch keinen Erfolg haben, dann könntest du dich für mich nach einem neuen Auto umsehen."

Eliza schmunzelt. „Du entwickelst ziemlich viele Ideen, um mehr über ihn herauszufinden. Allmählich glaube ich, dass zu deinem vollkommenen Glück doch noch ein Quäntchen fehlt."

Amanda schlägt sich mit der Hand an die Stirn. „Ich glaube, ich bin wahnsinnig egoistisch. Ich habe doch alles, und ich müsste doch glücklich sein. Stattdessen habe ich Sonderwünsche und versuche auch noch dich, einen der Weihnachtsengel, mit meinem Problemchen zu belästigen. Nein, ich nehme alles zurück und lasse das Schicksal seinen eigenen Weg gehen. Sag mir lieber, wie ich euch noch helfen kann, dir und Greta?"

„Wir sind schon ziemlich weit mit unseren Vorbereitungen", teilt ihr die junge Frau mit. „Selbst für den Basar ist alles aufgebaut. Es könnte ein sehr schönes Weihnachten werden, wenn die Schwäne wieder auftauchten."

„Es ist wirklich unvorstellbar, dass bereits so viele Menschen nach ihnen suchen, aber noch keiner eine Spur gefunden hat. Dann werde ich mich eben darum kümmern. Ich werde persönlich noch einmal in allen Ecken und Winkeln nachschauen. Das verspreche ich dir."

Kapitel 15

Greta hängt die geschmückte Weihnachts-Girlande an die breite Wand des Festsaales. „Ich bin total wütend. Benny wollte mit mir am Heiligen Abend in die Berghütte hinauf. Ich hatte mich so auf ein romantisches Weihnachten mit ihm gefreut. Und jetzt kommt uns diese blöde Beate dazwischen."

Eliza horcht auf. „Womit ärgert sie euch denn schon wieder? Ich dachte, sie wollte am vierten Advent wieder verschwinden."

„Das dachte ich auch, das dachten wir auch, mein Traummann und ich.

Schließlich hat Benny trotz einiger Schwierigkeiten etwas Geld locker gemacht, damit sie wieder etwas Neues anfangen kann. Sie wollte dann direkt nach der öffentlichen Weihnachtsfeier abhauen. Aber jetzt hat sie schon eine Weihnachtsgans bestellt, die sie ihrem Bruder am Heiligen Abend unbedingt servieren möchte. Jetzt befindet er sich natürlich in einer Zwickmühle. Er möchte mir nicht absagen, aber seiner Schwester, dieser Hexe auch nicht weh tun. Dabei hätte er allen Grund, sie jetzt zum Teufel zu jagen. Sie meckert den ganzen Tag."

„Das ist wirklich gemein. Eine schlimmere Konstellation für Weihnachten kann ich mir für dich kaum vorstellen. Bist du wenigstens auch eingeladen?"

„Das weiß ich noch nicht einmal. So weit sind wir noch gar nicht gekommen. Als mir Benny davon erzählt hat, habe ich schnell mit einer fadenscheinigen Ausrede das Weite gesucht."

„Wir müssten sie anderweitig beschäftigen, diese egoistische Frau. Sie könnte doch an Weihnachten ein gutes Werk tun und bei Opa Schlumberger mit den Hunden spielen."

Greta grinst. „Das ist keine schlechte Idee. Wir müssen sie unbedingt gut und viel beschäftigen, anderweitig unterbringen, damit Benny und ich ein paar Stündchen zu zweit verbringen können. Es gibt so viele

Leute, die Weihnachten allein sind. Da fällt mir gerade auch ein, ich war übrigens vorhin noch bei Herrn Roth. Er hat sich sehr herzlich für die Adventstüte bedankt, und Johanna besuchte ihn auch gerade. Er hat uns versprochen, auch zu unserer Weihnachtsfeier zu kommen."

Eliza freut sich. „Dann haben wir doch wenigstens auch ein Fest, über das sich die Menschen hier freuen können. Ich denke, die Halle wird voll werden, denn Prinzessin Federica hat auch zugesagt."

„Herr Roth wusste übrigens einiges über die Schwäne. Wusstest du, dass sie auch schon in der Bibel erwähnt wurden?"

„Ja, mir schwant da so etwas. Ich habe es mir nicht so genau gemerkt, weil ich so viel im Kopf habe. Ich glaube in einem der Bücher Mose sind sie erwähnt."

„Richtig. Bei einem Leviticus soll etwas darüber geschrieben stehen, und diese Vögel seien immer schon etwas Besonderes gewesen, sagt Herr Roth."

„Und? Was denkt er jetzt über die Situation hier im Ort? Glaubt er, dass diese Tiere gestohlen wurden, oder schließt er sich Marias Meinung an? Was sagt er zu der Möglichkeit, dass diese Tiere freiwillig von hier weggegangen seien?"

„Er hat eine gute Beziehung zu Tieren. Er glaubt, dass Tiere instinktiv wissen, wo man gut leben kann und wo nicht."

Eliza seufzt. „Es ist nicht einfach. Wir versuchen jetzt hier schon mehrere Wochen lang, ein besseres Klima zu schaffen. Aber an manchen Tagen habe ich das Gefühl, dass das Chaos von Tag zu Tag größer wird. Eigentlich braucht fast jeder Mensch in irgendeiner Form Hilfe, wenn man einmal genau hinsieht. Aber wir beide, du und ich, haben auch nur zwei Hände und zwei Füße."

Greta nickt. „Ja, ich wünschte auch, unsere liebe Johanna könnte uns etwas mehr Energie herbeizaubern.

In diesem Augenblick betritt eine in warme Kleidung gehüllte, weibliche Gestalt den großen Raum.

Die beiden Frauen bleiben wie erstarrt stehen und glauben, ihren Augen nicht trauen zu können. Vor ihnen erscheint die königliche Hoheit, die Prinzessin von San Lorenzo.

Federica lässt keine Verlegenheit aufkommen und begrüßt das eingespielte Team herzlich. „Ich wollte doch unbedingt einmal meine beiden Weihnachtsengel persönlich kennenlernen."

Eliza löst sich aus ihrer Anspannung. „Das ist sehr freundlich von Ihnen! Sie haben bestimmt jetzt selbst so kurz vor Weihnachten genügend zu tun. Da ist es kaum zu glauben, dass Sie jetzt Zeit für uns finden."

„Das mache ich doch gern", antwortet die Prinzessin. „Sie beide sind ja genauso fleißig und gönnen sich jetzt keine ruhige Minute. Und wie ich sehe, sind die

Vorbereitungen für das Fest schon so gut wie fertig."

„Ja, zum Glück", antwortet Greta aufseufzend. „Das hätten wir nie zu hoffen gewagt. Werden Sie uns denn auch mit Musik erfreuen?"

Federica nickt. „Ja, natürlich! Genauso, wie ich es versprochen habe, und auch die Kinder freuen sich schon sehr darauf. Eben durften sie an den Haustüren singen, und sie haben ihre Sache gut gemacht. Ich bin ganz erstaunt, dass uns jeder, zu dem wir gekommen sind, die Tür aufgemacht und uns zugehört hat. Und das waren eine ganze Reihe von Menschen, die sich sonst aus irgendeinem Grund nicht zu einer Veranstaltung trauen oder es körperlich nicht schaffen."

Greta bietet Federica einen Stuhl an, aber sie lehnt dankend ab. „Die eine oder andere Stunde muss ich bei meiner Tätigkeit sitzen, daher bin ich immer froh, wenn ich mich etwas bewegen kann."

Auch das angebotene Gebäck lehnt die Adelige dankend ab und fährt fort. „Ich war zuerst bei Herrn Schlumberger, denn er hat wegen seiner Hunde nur wenig Zeit, privat auszugehen. Er hat dem Gesang sehr aufmerksam gelauscht, obwohl die Hunde zwischendurch mitgesungen haben. Und unser Autohändler hat auch geduldig zugehört, obwohl er dabei fortwährend mit seinem Mobiltelefon hantiert hat. Albert Biermann hat uns die Tür geöffnet und wollte nicht unhöflich sein.

Deshalb blieb er bis zum Ende unserer Darbietung stehen und hat alles über sich ergehen lassen. Doch an seinem Gesicht konnte ich erkennen, dass es ihn schmerzte, von dieser festlich klingenden Musik so berührt zu werden. Bei Herrn Roth waren wir dann gerade jetzt zum Abschluss und haben ihm einen langen Vortrag gebracht, denn er konnte gar nicht genug bekommen. Am Ende hatte er Freudentränen in den Augen."

Greta atmet tief. „Das ist Weihnachten! Ich wusste doch, dass man mit Musik das Beste erreichen kann. Unsere Arbeit dagegen kommt mir gar nicht so willkommen vor. So mancher kann mit Geschenken gar nichts anfangen. Doch da haben Sie etwas Besseres zu bieten!"

„Ach nein!" wehrt sie ab. „Es ist alles gut und wichtig, und wir drei ergänzen uns doch wunderbar. Und ich bin auch nicht hierhergekommen, um euch zu kontrollieren, sondern weil mir Johanna da ein paar Kleinigkeiten gesteckt hat. Dieses engelhafte Mädchen ist oft meine persönliche Beraterin, denn sie sieht alles aus einer anderen Sicht, so, als ob sie nicht von dieser Welt sei. Tatsächlich ist es ihr gelungen, das Ehepaar Renate und Konrad Neuberg miteinander zu versöhnen. Sie konnte die beiden davon überzeugen, dass ein Vertrauen für die Liebe ganz wichtig ist, und dass sie es einfach noch einmal miteinander versuchen müssen, wenn sie noch Gefühle füreinander haben. Dann lohnt es sich schließlich immer, um für eine Partnerschaft noch einmal zu kämpfen."

„Wir haben Johanna tatsächlich auch schon um Hilfe gebeten", berichtet Eliza. „Denn wir haben ein paar Menschen, die viel Hilfe gebrauchen können."

„Deswegen bin ich auch hier", erklärt Federica. „Johanna sagte mir, dass hier eine Beate Kohlmeyer beim Basar ihren modischen Geschmack gezeigt hat. Kennen Sie beide diese Frau etwas näher?"

Die beiden Frauen nicken eifrig und Greta entschließt sich zu einer Antwort. „Sie hat in ihrem Leben schon schwierige Situationen erlebt. Dabei habe ich keine Ahnung, inwieweit sie Pech hatte oder was sie selbst verschuldete. Bisher hat sie mit einer teuren Boutique ihr Glück versucht, doch damit hatte sie keinen dauerhaften Erfolg. Geschmack scheint sie allerdings zu haben, das sieht man schon, wenn man sich hier ihre Arbeit anschaut."

Die Prinzessin sieht sich die Auslagen genau an. „Mir ist da schon etwas eingefallen. Jedenfalls werde ich dieser Dame einen Vorschlag machen, falls sie Lust hat, nach Bozen oder sogar zurück nach Mailand zu gehen."

Greta horchte auf. „Wirklich? Das wäre ja fantastisch."

„Ich bin natürlich ein bisschen skeptisch, weil sich Frau Kohlmeyer auch bei meinem Angebot beleidigt fühlen könnte."

„Ein bisschen komisch ist sie schon", fügt Eliza hinzu. „Was soll sie denn tun?"

„In unserem Königreich, unserem Schloss und denen unserer Verwandten, hat sich eine exquisite Garderobe angesammelt, die noch so gut wie neu ist. Sie ist noch aus der Zeit, als sich unsere Familie aus Prestigegründen besonders exquisit kleiden musste. Jetzt ziehen wir uns auch recht normal an, außer zu den Festtagen, da wird schon ab und zu etwas Besonderes herausgesucht. Aber diese teure Bekleidung mit ihren genauso teuren Accessoires könnte verkauft oder versteigert werden. In einer noblen Boutique und zusätzlich noch im Internet. Dieses Geschäft würden wir dieser Beate natürlich mieten und ausstatten, ganz nach ihren Wünschen und ihrer Vorstellung."

„Das klingt fantastisch", antwortet Greta. „Wann sprechen Sie mit ihr?"

„Ich habe vor, gleich ihren Bruder zu besuchen, weil ich noch eine Bestellung für Weihnachten abgeben möchte. Falls Frau Kohlmeyer dann zugegen ist, könnte ich ihr diesen Vorschlag machen. Aber etwas skeptisch bin ich noch, schließlich handelt es sich nicht um Neuware, das könnte diese Beate stören."

„Es kommt auf einen Versuch an, und wenn auch schöne Accessoires, zum Beispiel Handschuhe und Handtaschen dabei sind, wird sie bestimmt nicht Nein sagen können."

„Es ist auch Modeschmuck dabei, so von allem etwas, Schals, Hüte und anderer diverser Kopfschmuck. Beate könnte dann direkt zum neuen Jahr dort anfangen."

Greta öffnet die Augen weit und sieht die Prinzessin bittend an. „Ginge das nicht schon sofort?"

Federica schmunzelt. „Nein, ein paar Vorbereitungen sind da schon noch notwendig. Und ich möchte ihr ja auch nicht die ganze Weihnachtszeit mit Stress verderben, schließlich sollen die beiden Geschwister noch in Ruhe ihre Festtage verbringen können."

Die junge Frau seufzt ergeben. „Dann soll es wohl so sein. Aber, auch wenn es noch ein bisschen dauert, ich hoffe, Beate erkennt ihre Chance."

Die Prinzessin horcht auf. „Haben Sie etwas gegen diese Frau? Sie haben ihre Talente doch eben noch hoch gelobt?"

„Ich habe nicht geahnt, dass Sie so empathisch sind. Man hat mir schon darüber berichtet, und eigentlich hätte ich es mir ja auch denken können, weil Sie so viele künstlerische Ambitionen haben. Ihr Beruf, bei dem Sie sich der Musik widmen, hätte mir eigentlich schon genug sagen müssen. Ja, wenn Sie mich schon so direkt fragen, Benny und ich, ich meine, Herr Kohlmeyer und ich, wir sind uns gerade ein bisschen nähergekommen, und wir hatten gehofft, einen romantischen Weihnachtsabend verbringen zu können. Aber Beate hat sich selbst eingeladen und will nun ihrem Bruder nach eigenen Vorstellungen den Festakt gestalten.

Federica hebt die Augenbrauen und verzieht das Gesicht. „Das ist keine einfache Situation, die man mit einem Los entscheiden könnte. Was halten Sie davon, wenn Sie das diesem Benny überlassen? Seine Entscheidung könnte für Sie sehr aussagekräftig sein. Wenn er klug ist, fällt er eine gute Kompromisslösung und teilt den Abend auf."

„Ja, vielleicht ist das gut so, wenn ich mich gar nicht einmische. Und wenn ich will, dass die Schwäne wiederkommen, dann müsste ich wohl seiner Schwester den Vortritt lassen. Sie ist ja kein Schwan, sondern bezeichnet sich selbst als Pechvogel."

Federica sieht die junge Frau irritiert an. „Wieso glauben Sie, dass dann die Schwäne wiederkommen?"

„Das ist Marias Theorie, dass sich die Schwäne nur dann hier wohl fühlen, wenn bei uns die Menschenliebe ganz großgeschrieben wird, und zwar die Nächstenliebe."

„Ich denke nicht, dass Sie auf Ihren neuen Freund ganz verzichten sollten. Offensichtlich sind ja nicht nur Sie an ihm interessiert, sondern auch er an Ihnen. Und sicher freut er sich auch auf einen schönen Festtag mit Ihnen."

Greta seufzt. „Das stimmt. Dann werde ich Johanna bitten, noch einmal ganz viele liebende Herzen auf die Erde fließen zu lassen. Davon können wir alle etwas gebrauchen."

„Richtig, alle Menschen brauchen viel Liebe", stimmt die Prinzessin zu. „Das hat früher auch immer diese Donata gesagt, die in dem kleinen alten Haus am Dorfrand gewohnt hat. Leider ist sie weit weggezogen, und man hat nie wieder etwas von ihr gehört."

Eliza horcht auf. „Wissen Sie mehr über sie?"

„Die Prinzessin Lilli aus Florazien hat mir erzählt, dass sie sie irgendwo im brasilianischen Regenwald getroffen hat. Aber diese Dame war damals schon sehr alt, sie war nachher gar nicht mehr gut zu Fuß. Sicher ist sie schon längst verstorben."

Eliza denkt an ihre Besuche bei Donata und sieht ihr Bild vor ihren inneren Augen. Diese muntere Dame hat keine Gehbehinderung, sondern bewegt sich frei in dem großen alten Haus. Ob ihre neue Bekannte wirklich diese Donata ist? Oder hat sie es da mit einer Fremden zu tun, möglicherweise mit einer jüngeren Verwandten? Doch sie hat dieser freundlichen älteren Frau versprochen, ihre Anwesenheit geheim zu halten, und so hält sie sich auch daran. Leise sagt sie:

„Dann ist es ja sehr schade, dass sie nicht mehr hier ist, vielleicht fände sie Mittel und Wege, dass die Schwäne zurückkommen."

Federica seufzt. „Leider ist sie nicht da. Aber wir alle werden jetzt dazu beitragen, dass sich unsere gefiederten Freunde hier wieder wohlfühlen." Sie verabschiedet sich freundlich von den beiden Frauen und entfernt sich.

Kapitel 16

Als Eliza das Autohaus betritt und Roberto sucht, entdeckt sie ihn in seinem Büro. Wie immer befindet er sich in seinem Rollstuhl, aber er ist nicht allein. Beate sitzt ihm gegenüber auf einem Sessel, der für Besucher bereitsteht.

„Guten Tag!" grüßt sie freundlich. „Darf ich vielleicht einen Augenblick stören? Ich habe ein dringendes Anliegen. Eine Freundin von mir möchte sich ein Auto kaufen, und ich habe dazu einige Fragen."

Beate verzieht augenblicklich das Gesicht, in ihrer Stimme liegt ein unangenehmer, heller Ton. „Geht es etwa um diese Greta? Hat sie etwa meinen Bruder um Geld angebettelt?"

„Meine Freundin kann sich selbst ein Auto leisten", antwortet Eliza in abweisendem Ton. „Aber sie ist im Moment zufrieden. Ich habe noch mehr Freundinnen." Sie wendet sich an Roberto. „Kann ich Sie jetzt kurz allein sprechen?"

„Ich habe schon verstanden", sagt Frau Kohlmeyer in beleidigtem Ton. „Wenn die Weihnachtsengel auftauchen, dann wird alles andere plötzlich nebensächlich. „Dabei haben wir uns gerade so gut unterhalten, Roberto und ich. Ich konnte ihn gerade davon überzeugen, dass ihm und seiner Firma eine intelligente weibliche Führungsperson guttun würde."

Eliza schmunzelt. „Bis jetzt hat es Roberto sehr gut allein fertiggebracht, die Firma erfolgreich zu leiten. Aber die Prinzessin von San Lorenzo besucht gerade den Laden eines gewissen Benny Kohlmeyer, und sie hofft, auch seine Schwester dort zu treffen. Offensichtlich hat sie ein interessantes Angebot für diese Frau."

Beate horcht auf. „Was? Die Königliche Hoheit hat etwas für mich? Dann muss ich natürlich sofort zurück." Sie wendet sich an den Chef. „Wir treffen uns dann gern noch ein anderes Mal und können dort weitermachen, wo wir jetzt angefangen haben."

Er nickt ihr zu. „Das würde mich sehr freuen."

Frau Kohlmeyer winkt ihm zu. „Versprochen!" Ohne Eliza eines Blickes zu würdigen, verlässt sie den Raum, wobei sie energisch auftritt und ihre hohen Absätze laut auf dem Boden klappern.

„Du brauchst also ein Auto", geht Roberto auf das gewohnte Du über. „Wir müssen ja nicht so tun, als seien wir Fremde, schließlich bist du mit meinem kleinen Bruder in dieselbe Klasse gegangen, und da haben wir auch Du zueinander gesagt."

„Von mir aus gern", antwortete die junge Frau. „Also, was für ein hübsches kleines Auto kannst du mir anbieten. Geld spielt dabei keine Rolle."

Er staunt. „Oh! Da hat diese Dame wohl einen reichen Ehemann."

„Woher sie das Geld hat, weiß ich nicht, aber sie ist etwa so begütert wie deine Freundin Amanda."

Roberto hebt die Augenbrauen. „Dann muss sie wirklich Geld haben. Hat sie Sonderwünsche?"

„Ein ganz normaler, zuverlässiger Kleinwagen soll es sein, so wie ihn die meisten Frauen lieben. Darunter kannst du dir doch sicher etwas vorstellen."

Er grinst. „Ich bin ein Frauenversteher. Das hat sich doch sicher im Ort schon herumgesprochen."

Die junge Frau schmunzelt. „Natürlich, unser Ort es sehr klein. Alle haben von deinen poetischen Talenten gehört, und sind neidisch auf Amanda, die du so mit deinen Liebesbriefen verwöhnst. Schaffst du das alles allein, oder holst du dir die Vorlagen aus den Büchern?"

„Ab und zu hole ich mir schon ein paar Hilfen von den alten Dichtern, da gibt es schon gute Vorlagen. Aber es macht mir auch Spaß, selbst etwas zu erfinden. Offensichtlich liegen da in mir noch verborgene Talente."

„Dann ist Amanda also offensichtlich deine Muse und sie weckt das Beste in dir?!" proviziert ihn die junge Frau und sieht ihn aufmerksam an.

„Sie ist wirklich eine besondere Frau", antwortet er ernst. „Das bemerke ich mehr und mehr."

„Beate ist auch eine bemerkenswerte Frau, und ich sehe, ihr habt euch gut verstanden."

„Ja, auf ihre Art ist sie auch sehr bemerkenswert. Aber ich kenne sie noch von früher, als sie hier wohnte, und so mancher Freund von mir hat sie früher bewundert, denn sie hatte immer ein sehr sicheres Auftreten."

„Das hat sie doch heute auch noch, und sicher will sie mit dir gute Geschäft machen."

Roberto lacht. „Ja, aber jetzt durchschaue ich sie. Es tut mir leid, dass sie so viel Pech gehabt hat, aber sie hat auch eigene Schuld daran. In meinem Betrieb kann ich sie jedenfalls nicht gebrauchen. Im Bereich der Mode mag sie ja sehr kompetent sein, aber von Autos versteht sie leider rein gar nichts."

„Also ist sie nicht dein Typ?" geht Eliza aufs Ganze.

„Nein, und früher war sie es auch nicht. Aber wenn ich dich richtig verstanden habe, findet sich für ihr Problem gerade durch die Prinzessin eine Lösung, oder?"

„Ja, wenn wir Glück haben und Frau Kohlmeyer damit einverstanden ist, dann bekommt sie durch Federica die Möglichkeit, neu durchzustarten. Wie sieht es denn mit dir aus? Bist du mit deinem Geschäft zufrieden?"

„Ja, ich bin zwar noch ein bisschen sauer auf Enrico, unseren Bürgermeister, weil er die Leute hier so umweltbewusst erzieht und mir die Einheimischen kaum Autos abkaufen, aber ich habe jetzt durch das Internet eine gute Lösung gefunden, auch Käufer aus anderen Regionen anzulocken. Im Augenblick komme ich ganz gut über die Runden."

Eliza freut sich mit ihm. „Das ist doch endlich einmal eine gute Nachricht. Dann könntest du doch eigentlich auch noch einmal deine Gesundheit in Angriff nehmen. Die Ärzte haben dir doch einmal gesagt, dass du nicht querschnittsgelähmt bist, sondern möglicherweise wieder gehen lernen kannst."

„Das sagt mir mein Physiotherapeut auch oft, und er hat mir auch einige Adressen genannt, die mir eine gute Reha angeboten haben."

„Warum machst du es dann nicht?" will die junge Frau wissen.

„Das ist schwer zu beantworten, heißt es nicht von uns Männern, dass wir nicht gut über unsere Gefühle sprechen können?"

Eliza schmunzelt. „Das kann ich mir gerade bei dir nicht vorstellen. Ja, auf der einen Seite willst du ein harter Geschäftsmann sein, den musst du auch spielen. Aber wer seiner Freundin laufend romantische Liebesgedichte schreibt, der kann seine Gefühle äußern. Also bitte, keine Ausrede!"

„Ich sehe schon, vor dir kann ich keine Geheimnisse haben. Irgendetwas scheint mich davon abzuhalten, wieder zu laufen. Hast du vielleicht eine Idee?"

„Möglicherweise traust du dir nicht mehr so viel zu. Ein Psychologe könnte jetzt in dich hineinsehen. Vielleicht würde er sagen, du fliehst in diese Position. Du schaust, wer dich jetzt noch mag, und wer Lust hat, dir zu helfen. Auf diese Weise hast du Amanda gefunden, und sie scheint dich zu lieben."

Roberto sieht die junge Frau betrübt an. „Ich glaube, wir haben uns in eine eigenartige Sackgasse hineinmanövriert. Und ob du es mir jetzt glaubst oder nicht, am Anfang habe ich mich tatsächlich ein bisschen mehr für ihr Vermögen als für ihre Persönlichkeit interessiert."

„Nein, das glaube ich nicht, so bist du doch gar nicht", entgegnet Eliza.

Er seufzt. „Nein, nicht so krass. Ich glaube, das verstehst du nicht, weil du eine Frau bist. Geld wirkt sexy, so sagt man. Aber das hat eine tiefere Bedeutung. Ich empfinde eine Art von Bewunderung für Frauen, die erfolgreich sind und gut mit Geld umgehen können. Das macht Frauen attraktiver."

Die junge Frau schmunzelt. „Doch, ich verstehe es schon, ich versuche es zumindest. Jedenfalls hattest du am Anfang noch wenig Interesse, ihre versteckte Persönlichkeit näher kennen zu lernen."

„So ähnlich, ja. Aber in all unseren Briefen und Nachrichten habe ich dann entdeckt, dass wir uns wundervoll ergänzen, sie ist genauso feinfühlig und sinnlich veranlagt wie ich. Da konnte ich dann eben auch in mir ganz neue Gefühle entdecken. Und wenn du mich noch genauer fragst, dann antworte ich dir, dass ich sie liebe."

„Und was willst du weiter machen?"

„Es funktioniert gerade alles so gut, ich enttäusche sie nicht, und sie enttäuscht mich nicht. Am liebsten würde ich alles so lassen."

„Dann solltest du dich auch von niemandem drängen lassen."

„Schön, dass du das sagst! Ich hatte schon befürchtet, dass du mich jetzt als Feigling hinstellst. Aber jetzt zu deinem eigentlichen Anliegen: Soll ich dir jetzt einmal die hübschen kleinen Autos zeigen?"

Eliza überlegt einen Augenblick. „Ach nein! Es ist wohl besser, wenn die Dame persönlich zu dir kommt. Jeder hat da seinen eigenen Geschmack, und außerdem kannst du sie dann direkt richtig beraten."

„Das ist auch gut", findet Roberto. „Sehr vernünftig!"

Sie lächelt. „Bestimmt. Wirst du zu der Weihnachtsfeier kommen? Du bist doch letztes Jahr auch beim Schwanenfest gewesen und hast am Ufer zugeschaut, wie das erleuchtete Floß über den See gefahren ist, um den weißen Schwänen die Weihnachtsfreude zu bringen."

„Ich weiß es noch nicht genau, aber eher nicht. Da im Dunkeln am Ufer, da konnte ich gut mit meinem Rollstuhl stehen. Aber in so einer hellerleuchteten Festhalle, da fühle ich mich sicherlich nicht so wohl zwischen all den tanzenden Menschen."

„Getanzt wird erst am Schluss, aber vorher gibt es wunderschöne

Weihnachtslieder, die Federica und ihr Chor vortragen. Du könntest mit einem Weihnachtsgedicht etwas beitragen."

„Ich weiß es noch nicht", antwortet er abweisend und verschließt sich mit einem Mal wieder. „Es sind ja noch ein paar Tage Zeit."

Eliza verabschiedet sich von ihm mit ein paar guten, aufmunternden Worten und wünscht ihm viel Erfolg.

Kapitel 17

Der herunterfallende Schnee hat sich in Regen verwandelt, und auf den

Gehsteigen wechselt die weiße Pracht in eine graue matschige Masse. Als Eliza aus der Haustür tritt, um Albert Biermann einen Besuch abzustatten, kommt ihr der kleine Angelo entgegen.

„Ich wollte gerade zu dir", teilt er ihr aufgeregt mit.

Die junge Frau bleibt stehen. „Hast du einen besonderen Wunsch?"

„Nein, aber ich habe wichtige Neuigkeiten für dich."

„Hoffentlich sind es gute!" wünscht sie.

„Gute und schlechte", fährt er fort. „Sicher weißt du darüber Bescheid, dass Leonie und ich gute Freunde sind."

Eliza nickt. „Ja, das ist mir bekannt. Und ihr habt euch die Hunde Romeo und Julia ausgesucht, damit ihr einen Grund habt, euch öfter zu treffen."

„Ja, so hatten wir es geplant, aber dann haben wir an Johannas Worte gedacht. In unserem Ort denken viele Leute wohl mehr an sich selbst als an andere, und wir haben dazugehört. Meine Freundin und ich, wir wollten unbedingt diese beiden Hunde haben, damit wir Vorteile daraus ziehen können. Aber dann ist uns eingefallen, dass es für die Hunde nicht gut ist, wenn man sie so weit auseinanderreißt. Da haben wir uns dann doch lieber für Marte und Venere entschieden, die nicht so sehr aneinanderhängen."

„Das war eine gute Idee, besonders auch für die Hunde. Und was hat das jetzt mit Johanna zu tun?"

„Johanna meinte, die Schwäne kämen vielleicht wieder, wenn man in der Weihnachtszeit jetzt mehr beginnt, an andere Menschen zu denken. So hoffen wir natürlich auch, dass die Schwäne bald wiederkommen."

„Das war jetzt die gute Nachricht, aber du hast auch von einer schlechten gesprochen. Hat sie auch etwas mit den Hunden zu tun?"

Angelo nickt. „Johanna hat uns dann auch verraten, dass ihr Weihnachtsengel auf die Idee gekommen seid, Romeo und Julia an die beiden Schwestern Gabi und Natalie zu verschenken. Leonie und ich, wir hatten uns dann ganz spontan dazu entschlossen, Herrn Schlumberger einzuweihen. Er hat uns dann tatsächlich die unzertrennlichen Hundefreunde anvertraut, und wir sind dann zu den zerstrittenen Schwestern gegangen."

Eliza staunt. „Das hat er tatsächlich gewagt. Wie ist es euch denn dabei ergangen?"

„Leider ist alles ziemlich schiefgelaufen. Wir wollten uns leise an die Wohnungstüren anschleichen, aber die Hunde haben schon im Treppenhaus fürchterlich gebellt. Offensichtlich hatten sie was gegen unseren Ausflug."

„Also war es nichts mit dem Leise-Anschleichen. Das hattet ihr euch bestimmt schön ausgemalt."

Er seufzt. „Ja, es sollte ja eine Überraschung werden. Aber beide Schwestern hatten wohl noch geschlafen und rissen wütend die Türen auf. Gabi schrie uns als erste an und forderte uns auf, das Haus sofort zu verlassen. Daraufhin begann auch die andere Schwester zu zetern."

„Das hat den Hunden doch bestimmt nicht gefallen", vermutet die junge Frau.

„Ganz und gar nicht. Sie haben natürlich noch mehr Lärm gemacht, und deswegen sind andere Hausbewohner auch aus ihren Wohnungen gelaufen und haben nachschauen wollen, was da los war. Es war ein schreckliches Durcheinander, während wir mit den beiden Hunden zwischen den beiden Schwestern standen. Endlich kam der Hausmeister, und er wollte für Ruhe sorgen. Aber es hat keiner auf ihn gehört. Dann hat er noch lauter gebrüllt, um alles zu übertönen, und da sind die Schwestern ausgeflippt. Natalie sagte. „Sie machen ja mehr Lärm als alle anderen. Am besten gehen Sie wieder zurück in Ihre Wohnung!" Und Gabi sagte. „Was wir hier oben veranstalten, das geht Sie alle gar nichts an". Und danach hat sie die anderen Bewohner wütend angefordert, ruhig zu sein und ihnen befohlen, sich in ihre Wohnungen zurückzuziehen. Das gab dann einen großen Streit zwischen den Bewohnern und den Schwestern, denn keiner war gut auf Gabi und Natalie zu sprechen. Als sie merkten, dass alle gegen sie waren, haben sie sich plötzlich zusammengetan, waren einer Meinung und haben mit den anderen geschimpft. Da waren dann alle anderen fassungslos, sind verstummt und in ihren Wohnungen verschwunden. Wir standen sprachlos da und die Hunde beruhigten sich ebenfalls. Deswegen zog sich auch der Hausmeister wieder zurück."

„Und was geschah dann?"

„Dann hat Gabi uns gefragt, was wir denn hier mit den Hunden bei ihnen wollten, und Leonie hat leider die Wahrheit gesagt. „Die beiden Hunde sind auch Geschwister, und die wollten wir Ihnen bringen."

„Oh weh!" seufzt Eliza.

„Da haben sich die beiden wieder fürchterlich aufgeregt. Und Natalie meinte. „Das ist doch eine Gemeinheit, damit wollen uns die Leute hier im Ort nur zeigen, dass sie sich über uns lustig machen, weil wir zerstritten sind." Bevor wir etwas antworten konnten, sagte Gabi zu ihrer Schwester. „Aber wir werden uns nicht ärgern, und wir lassen uns überhaupt nicht ärgern. Denen werden wir es zeigen! Von nun an haben sie über uns kein Stadtgespräch mehr, denn ich sehe überhaupt keinen Grund mehr, mich von dir fernzuhalten, Natalie. Du hast mich geärgert, und ich habe dich geärgert. Wir sind schon längst quitt. Und all die dummen Geschichten aus der Vergangenheit habe ich längst vergessen.

Schließlich sind wir zwei erwachsene Frauen, und keine Kinder mehr."

„Und was sagte Gabi dazu?"

„Sie sagte: „Schwesterchen, du hast völlig recht. Wenn die Leute hier im Dorf nichts anderes zu tratschen haben, dann müssen sie sich jetzt etwas suchen. Ich bin froh, dass du hier neben mir wohnst und kein anderer."

„Und was sagten sie zu den Hunden?"

„Die wollten sie jetzt nicht. Sie hatten ja gedacht, irgendeiner habe sich einen Scherz mit ihnen erlaubt. Und sie ließen uns auch gar nicht mehr ausreden, sondern schickten uns nach Hause. Dabei waren sie sich völlig einig und verschwanden dann auch gemeinsam in Natalies Wohnung."

„Aber dann ist die Sache ja trotzdem gut ausgegangen und der Ausflug mit den Hunden hat seinen Zweck erfüllt", findet Eliza. „Es ist zwar alles etwas anders gelaufen, als ihr gedacht habt, aber Ende gut alles gut. Die beiden haben sich noch vor Weihnachten wieder miteinander versöhnt, und unsere Schwäne haben wieder einen Grund mehr, zu ihrem See zurückzukehren."

Angelo verzieht das Gesicht. „Dabei hatten wir alles so schön geplant, und dort wären Romeo und Julia auch nicht viel getrennt gewesen. Aber nun mussten wir mit den Hunden wie begossene Pudel von der Bildfläche verschwinden."

Eliza schmunzelt. „Ein hübsches Bildchen. Und was macht ihr jetzt mit den Hunden? Was sagt Herr Schlumberger dazu?"

„Er will Romeo und Julia noch eine Weile festhalten. Er glaubt, der richtige Hundebesitzer würde sich schon melden, während meine Freundin Leonie der Meinung ist, dass sich die beiden Schwestern noch besinnen werden. Denn am Schluss wurden die Kleinen ganz zutraulich und haben immer wieder schwanzwedelnd versucht, mit Gabi und Natalie Kontakt zu bekommen."

„Ihr habt jedenfalls eure Sache gut gemacht", findet Eliza. „An euch kann es nicht liegen, wenn die Schwäne noch länger fortbleiben."

Angelo freut sich und atmet tief. „Dann haben wir wenigstens etwas geschafft. Kann ich dich noch etwas anderes fragen?"

„Natürlich! Frag alles, was du willst!"

„Es geht um Leonie und mich. Meinst du, unsere Freundschaft geht auseinander, wenn wir lange so weit weg voneinander wohnen?"

Die junge Frau überlegt. „Darauf habt ihr selbst sicher großen Einfluss. Es gibt Freundschaften, die halten ein Leben lang, sogar Liebesgeschichten können die weitesten Entfernungen überbrücken. Aber man muss schon etwas dafür tun. Wenn man eine Verbindung halten möchte, sollte man immer wieder aufeinander zugehen. Zum Glück gibt es heutzutage durch schnelle Verkehrsmittel viele Möglichkeiten, sich zwischendurch einmal wiederzusehen."

„Na gut", sagt er, ein wenig getröstet. „Wir wollen es nämlich anders machen als viele unserer Eltern. Leonie und ich, wir haben uns die Schwäne zum Beispiel genommen. Die sind nämlich treu und bleiben ein Leben lang zusammen."

„Ein schöner Vorsatz", findet Eliza. „Hast du noch andere Fragen?"

Er schüttelt den Kopf. „Nein, heute nicht. Vielleicht ein anderes Mal."

Rasch zieht er sich die Kapuze über den Kopf und stapft durch den Matsch davon.

Die junge Frau setzt ihren Weg eilig fort und findet sich mit Verspätung vor Alberts Haustür ein. Sie drückt den Klingelknopf, und Herr Biermann zeigt sich im Eingang.

„Sie kommen ziemlich spät", beschwert er sich.

„Es tut mir leid, ich wurde noch aufgehalten. Es ging um ein Kind, und es hatte mir wichtige Dinge zu sagen. Jetzt in der Weihnachtszeit gehen doch viele Dinge um Kinder", fügt sie ein paar erklärende Worte hinzu.

„Ja, ja", gibt er nach. „In dieser Zeit sind wohl alle etwas friedlicher. Aber was ist hinterher? Ist da die Welt wieder grau und unfreundlich?"

„Sie dürfen ruhig Du zu mir sagen", schlägt ihm Eliza vor und weicht so einer direkten Antwort aus. „Wir sind hier die Weihnachtsengel, und zu Engeln sagt man gewöhnlich Du."

„Und ihr seid ganz schön raffiniert", behauptet er. „Also gut. Dann kannst du auch Albert zu mir sagen. Hast du das Holz mitgebracht?"

„Ja natürlich. Ich bin so froh, dass du mir helfen willst, denn jetzt ist ja der Weihnachtsabend bald schon da, und ein paar kleine Teile aus dem leichten Holz fehlen uns noch. Wir hatten an Tiere gedacht, die sich vielleicht einfach herstellen lassen, das könnte ich mir bei Hasen oder Katzen so vorstellen, wenn man sie mehr symbolisch darstellen will. Du weißt schon, mit vereinfachten

Formen, aber den ausgeprägten wichtigen Merkmalen, wie zum Beispiel den Ohren."

„Ich weiß schon, wie du das meinst. Es sollen also moderne Figuren sein?"

„Eigentlich will ich das dir überlassen, denn du bist der Fachmann. Es ist ja auch eine Zeitfrage."

„Wie viele Figuren sollen es denn sein?"

Eliza überlegt. „Es gibt hier drei Kinder im Ort, deren Eltern nur Holzspielzeug erlauben. Da wollen wir uns schon danach richten, denn wir möchten nicht, dass unsere Geschenke im Mülleimer landen."

Herr Biermann führt die junge Frau in den Wintergarten. „Hier ist meine kleine Werkstatt. Hier habe ich früher immer gearbeitet. Aber nicht oft, denn ich wollte meine Zeit lieber mit Anna verbringen."

„Ja, das kann ich verstehen", sagt Eliza in gedämpftem Ton. „Wenn man sich liebt, möchte man so oft wie möglich zusammen sein."

Er nickt. „Dort hinten habe ich Getränke hingestellt, du kannst dich bedienen, wenn du Durst hast. Es sind selbst gemachte Obstsäfte dabei, und auch das Heilwasser aus der nahen Quelle. Davon hat Anna sehr viel getrunken, aber am Ende hat es nichts mehr geholfen."

„Leider gibt es bei unheilbaren Krankheiten manchmal einen Punkt, an dem jede Medizin versagt." Sie reicht ihm ein Holzstück.

„Ich habe mich bis jetzt immer gefragt, ob es nicht doch noch etwas gegeben hätte, womit man ihr hätte helfen können."

„Was haben denn die Ärzte gesagt?"

„Wir waren bei vielen Ärzten und an vielen Orten gewesen, aber alle Fachleute meinten, niemand könne ihr helfen. Doch ich habe immer an Amerika gedacht und gehofft, dass dort jemand mit seinen wissenschaftlichen Erkenntnissen weiter ist. Leider glaubte ich, dass wir nicht so viel Geld zur Verfügung hatten, um dorthin zu reisen. Aber meine Frau hätte tatsächlich problemlos eine solche Reise finanzieren können."

„Wahrscheinlich habt ihr euch doch überall informiert im Internet und durch die Kontakte mit Ärzten. Hätte es denn irgendeine Möglichkeit im Ausland gegeben?"

„Ganz offiziell nicht. Aber es gibt ja auch manchmal Adressen, die man erst findet, wenn man im Land ist, so eine Art Geheimtipps. Ich wäre sogar mit ihr zu Medizinmännern gefahren."

„Wollte sie das denn dort? War sie denn bereit, solche weiten Reisen unternehmen?"

Er seufzt und schüttelt den Kopf. „Nein, sie wollte es nicht, sie wollte in Ruhe gehen und meinte, sie sei doch schon ziemlich alt. Dabei war sie erst Anfang siebzig. Viel jünger noch als ich. Aber ich wollte sie nicht gehen lassen."

„Das ist verständlich", antwortet Eliza mitfühlend. „Fühlst du dich ihr denn jetzt nahe?"

„Und ob!" meint er energisch. „Den ganzen Tag drängt sie mich, ich solle endlich anfangen, etwas aus diesem großen. harten Marmorstein hervorzuholen."

„Aber du kannst es nicht, nicht wahr?"

„Sie war und ist meine Muse, die Kreativität lebt noch in mir. Aber wenn ich diesen Block ansehe, denke ich immer an das viele Geld, das sie dafür ausgegeben hat, und dann möchte ich ihn am liebsten kurz und klein schlagen."

„Kein Wunder, dass du eine Weile wütend auf sie warst, und das ist dein gutes Recht. Aber sicher habt ihr euch auch nach einem Streit früher irgendwann einmal wieder vertragen, oder? Sie liebt dich immer noch, und du liebst sie doch auch, oder?"

Er atmet tief. „Ich hätte alles für sie gegeben, sogar mein Leben. Ja, ich liebe sie."

„Das glaube ich dir. Und wenn du dich an diese Liebe erinnerst und sie wieder spürst, dann wird bestimmt die Zeit kommen, in der du ihr wieder eine Freude bereiten möchtest, so, wie sie dir auch Freude machen wollte."

„Als Liebesbeweis", flüstert er und beginnt, das Holz mit einem Schnitzmesser zu bearbeiten.

„Ob sie mir jetzt sehr böse ist?" fragt er leise.

„Sie hat dich früher verstanden, dann wird es jetzt gewiss nicht anders sein."

Er schaut auf das Holz. „Was hältst du von einem Vogel, der sich in die Luft erhebt?"

„Ein gutes Motiv. Und wenn du dann noch Zeit hast, wie wäre es dann mit einem kleinen Schwan? Darüber würde sich Maria sehr freuen. Sie hofft immer noch, dass die Schwäne rechtzeitig zurückkommen."

„Es ist nicht einfach, einen schönen Schwan zu schnitzen. Das Balsam-

Holz könnte brechen. Aber ich kann in meinen Vorräten einmal schauen, ob ich das geeignete Holz dafür finde. Holz ist ein schönes Material, um Lebewesen ins Leben zu rufen. Aber ideal ist doch der Marmor, denn er bietet sich geradezu an, etwas in ihm zu entdecken, das sich in seinem Kern versteckt."

Sie dreht sich um und lächelt. „Du kannst etwas aus seiner Verzauberung lösen. So wie wir hier gerade in unserer Stadt etwas besonders Schönes, etwas Weihnachtliches, eine besondere Stimmung zaubern wollen, hast du als Bildhauer die Möglichkeit in diesem gesegneten Block ein Geheimnis zu finden."

Kapitel 18

„Die Prinzessin war heute in der Schule", berichtet Nina ihrer Mutter. „Sie haben dort Weihnachtslieder gesungen, und der Unterricht wurde extra dafür unterbrochen."

Eliza horcht auf. „Sie ist zu euch in die Schule gekommen? Ja, sie verhält sich wie ein ganz normaler Mensch und gar nicht wie eine hochgestellte Persönlichkeit. Aber dass der Direktor diese Unterbrechungen erlaubte, ist doch recht ungewöhnlich für ihn. Er achtet doch sonst so streng darauf, dass alles pünktlich beginnt und pünktlich endet."

„Sie hat nicht nur mit den festlichen Liedern für eine feierliche Stunde gesorgt, sie hat auch zu uns gesprochen. Eine richtige Rede hat sie gehalten, auf Deutsch und auf Italienisch."

„Um was ging es denn?"

„Zuerst bat sie uns, doch weiter nach den Schwänen zu suchen, und dass sie uns Hoffnung machen möchte, denn die sei immer ganz besonders wichtig."

„Da hat sie absolut Recht. Sie hat schon gefährliche Situationen erlebt, aber es ist immer wieder in letzter

Minute Rettung gekommen. Da kann ich mir vorstellen, dass sie euch einen guten Rat geben kann. Und wovon handelte die Rede? Von Weihnachten?"

„Nein, der Anlass war eigentlich Maria, weil es ihr wieder schlechter geht, je näher der Heilige Abend heranrückt. Federica glaubt, dass dieses Mädchen so sensibel ist, und ein Gespür dafür hat, wenn irgendetwas nicht stimmt. Diese Sensibilität sei auch sehr gut, weil man dadurch vor Gefahren gewarnt wird und aufpasst, dass man alles richtig macht. Sie teilte uns mit, dass Körper und Seele eine Einheit sind, ständig miteinander kommunizieren. Und deswegen wäre es wichtig, dass wir immer wieder auf uns Acht geben, damit unsere Seele nicht verletzt werden kann. Und wenn man uns zu stark mit unschönen Dingen belastet, da sollen wir uns mit Dingen beschäftigen, die unsere Seele befreien, die ihr guttun, damit sich die Krankheiten nicht im Körper manifestieren können."

Eliza atmet tief. „Damit hat sie wichtige Grundsätze ausgesprochen, die sich alle Menschen zu Herzen nehmen sollten."

„Ein Kind hat daraufhin gefragt, ob dann überhaupt unser gemeinsamer Weihnachtsgedanke gut sei? Der heißt ja doch, selbstlos handeln und anderen eine Freude machen."

Die Mutter sieht ihre Tochter erwartungsvoll an. „Und? Was hat sie darauf geantwortet?"

„Prinzessin Federica sagte, was wir mit freudigem Herzen schenken, das könne uns niemals schaden, nicht einmal, wenn wir uns für andere Menschen mit ganzem Herzen anstrengen, uns für sie mächtig ins Zeug legen. Ganz wichtig sei nur dabei, dass wir es gern und mit ganzem Herzen täten, denn alles, wogegen sich unsere Gefühle sträubten, könne das Gegenteil bewirken und uns schaden."

Eliza nickte. „Ja, so etwas ähnliches habe ich auch schon gehört. Es gibt den Stress, der schadet und den positiven Stress, der die Menschen belebt. Das passt zu den Gedanken unserer Prinzessin."

„Sie hat uns dann versprochen, dass sie mit ihrem Kinderchor auch zur

Weihnachtsfeier kommt, und am See wollen sie singen, selbst wenn die Schwäne nicht da sind, als ehrende Erinnerung."

„Das wird aber dann sehr traurig", findet die junge Frau. „Ich hoffe, dass dann Maria nicht zusehen muss. Das könnte sie bestimmt nicht ertragen. Der kleine See ohne die Schwäne, und dazu dann eine festliche Musik? Vermutlich würden dann alle in Tränen ausbrechen."

In diesem Moment läutet die Türglocke.

Nina eilt zum Eingang und lässt die laut schimpfende Greta eintreten.

Bevor sie Eliza erreicht hat, wettert die junge Frau schon los: „Ich glaube wirklich, dass Beate eine Hexe ist.

Dieses Biest! Ich wollte Benny aufsuchen, weil wir einiges wegen der Weihnachtstage zu besprechen haben, aber sie behauptete, ihr Bruder sei nicht da. Und dann behauptete sie, dass er jetzt zugestimmt habe, mit ihr über Weihnachten für ein paar Tage wegzufahren, an einen hübschen Ort, und die Weihnachtsgans habe sie eingefroren. Was hältst du denn davon?!"

„Ist das wirklich wahr?" fragt die Freundin entsetzt. „Vielleicht hat sie sich das nur so ausgedacht. Meinst du im Ernst, dass Benny so etwas mit sich machen lässt? Konntest du ihn denn nicht fragen? Hast du ihn nicht angerufen?"

„Sein Handy ist aus, und ich habe ihm schon ein paar Mal draufgesprochen, aber er meldet sich nicht. Vermutlich hat er sich von dieser Hexe einwickeln lassen. Da können wir lange warten, dass die Schwäne zurückkommen. Solange sich diese Frau hier im Ort befindet, werden sie das schön bleiben lassen."

Eliza staunt. „Aber wo ist er denn? Und warum geht er nicht ans Handy. Das lässt mir jetzt auch keine Ruhe. Sollen wir noch einmal zu ihr gehen, zu dieser Beate? Er war also weder im Laden noch zu Hause?"

„Der Laden hatte schon geschlossen, und in seine Privatwohnung hat mich Beate nicht hereingelassen. Ich weiß also nicht, ob er da war und mich nicht sehen wollte, oder ob er irgendwohin unterwegs ist. Doch normalerweise hat er mich in den letzten Tagen immer informiert, wenn er wegmusste. Das fand ich immer so rührend. So lange kennen wir uns doch noch gar nicht, und er benimmt sich schon wie ein Ehemann, der seiner Frau Bescheid gibt, wenn er etwas vorhat."

„Das hört sich wirklich sehr merkwürdig an", findet auch Eliza. „Aber was willst du jetzt tun?"

„Wenn das stimmt, was Beate sagt, dann kann ich ihn wirklich vergessen. Was will man mit einem Partner, der sich so von seiner Schwester rumkommandieren lässt?! Aber ich will nicht vorschnell urteilen. Noch gebe ich ihm eine Chance, noch warte ich ab, wie er sich zu der ganzen Sache äußert."

„Das ist gut", stimmt ihr die Freundin zu. „Dann kannst du also nur warten, bis er wieder erreichbar ist. Was ist nur mit dieser Frau los? Die Prinzessin wollte ihr doch ein gutes Angebot machen, das jeder mit Kuss-Hand angenommen hätte."

„Davon hat sie nichts gesagt. Tatsächlich kann ich auch gar nicht verstehen, dass Federica eine solche Frau in eine schöne Boutique setzen will. Wer weiß, was Beate dort wieder anstellen wird?!"

„Das alles ist sehr traurig", findet Nina. „Dabei sind hier alle anderen im Ort so sehr darauf bedacht, dass alle friedlich miteinander auskommen. Und dabei haben wir schon so viele Fortschritte erreicht."

„Welche Fortschritte denn?" erkundigt sich Greta.

„Mama hat es mir eben erzählt. Roberto hat endlich zugegeben, dass er Amanda auch liebt, und er hat sogar von seinen Gefühlen wegen seiner Behinderung eine ganze Menge rausgelassen. Das ist kaum zu glauben. Und auch die beiden zerstrittenen Schwestern haben sich mal soeben versöhnt, als sei die ganze Zeit nichts geschehen. Sogar der Biermann, der bis jetzt nur alte Stühle repariert hat, hilft beim Schnitzen und lässt es sich durch den Kopf gehen, dass er seiner verstorbenen Frau einen Gefallen tun kann, wenn er den Marmorblock bearbeitet. So viele Menschen lassen sich schon von unseren weihnachtlichen Gedanken anstecken, und da macht diese Beate alles wieder kaputt."

„Da denkst du bestimmt an die Schwäne", vermutet Greta. „Ich glaube nicht, dass sie sich für diese Tiere interessiert. Und vermutlich interessiert sie sich auch nicht für Marias Krankheit, die in einem Zusammenhang mit dem Verbleib der Tierchen steht."

Nina rollt wütend die Augen. „Sie macht alles zunichte, diese Beate. Da kann das ganze Dorf friedlich sein, aber wenn sich diese eine Person dagegenstellt, kann unser Weihnachten keine runde Sache werden. Wer kann uns denn da jetzt helfen? Johanna vielleicht?"

„Johanna ist beschäftigt", weiß die Mutter. „Ich habe sie heute in der Kirche getroffen, als sie dort gerade betete und Kerzen aufstellte. Sie will für Maria eine besondere Teemischung herstellen, mit verschiedenen Heilkräutern, zum Beispiel auch mit ganz viel Johanniskraut."

„Johanniskraut von Johanna", sinniert Nina. „Dann hoffe ich, dass es sich als Gegenmittel bewährt."

„Das müsste Beate auch einmal nehmen", überlegt Greta. „Gibt es kein Kraut, das böse und intrigante Menschen friedlich stimmt? Diese Hexe hat doch tatsächlich genug Möglichkeit, sich auszupowern.

Warum muss sie trotzdem so aggressiv sein."

„Wir können mit ihr eine Bergwanderung machen", überlegt Eliza. „Oder sie zum Joggen anregen. Aber wenn sie tatsächlich vorhat, mit Benny in einen Urlaub zu verschwinden, dann ist sie nicht mehr zu packen. Nein wir müssen uns jetzt sofort etwas überlegen. Johanna fällt also aus, sie braucht absolute Ruhe für ihr Geheimrezept. Aber ich weiß noch jemanden, den ich um Rat fragen kann."

„Willst du wieder zu Donata?" platzt Nina heraus.

Greta sieht ihre Freundin misstrauisch an. „Du gehst noch zu dieser Frau, die behauptet, dort einmal gewohnt zu haben?! Aber alle Leute sagen, dass das Haus leer ist, und dass die alte Dame, die einmal dort gewohnt hat, jetzt in einem fremden Erdteil lebt. Einige behaupten sogar, dass sie schon verstorben ist."

„Meine liebe Greta, du bist meine beste Freundin, aber ich kann dir leider nicht alles sagen, und was ich dir dazu sagen kann, ist, dass du das, was du bereits von mir weißt, für dich behalten musst."

„Das klingt sehr geheimnisvoll", findet die Freundin. „Und du lässt dich auf so etwas ein?"

Eliza nickt. „Dieser Frau, die sich Donata nennt, musste ich versprechen, niemandem von ihrer Anwesenheit zu erzählen. Ehrlich gesagt, ich kannte diese Frau auch nicht, die dort gewohnt haben soll. Und deswegen ist es mir jetzt auch weniger wichtig, wer sie tatsächlich ist. Aber eins weiß ich, sie hat mir bisher viel geholfen, gute Tipps gegeben. Und vor allen Dingen weiß sie sehr viel, fast alles, was hier so vor sich geht. Sie war es, die mich auch zu den Menschen geführt hat, die Probleme haben."

Greta seufzt. „Das hört sich alles sehr mysteriös an. Aber bald wundert mich schon gar nichts mehr. Diese Beate verhält sich wie eine Hexe, man könnte glauben, dass es sich um diese schlimme Nüssli handelt, mit der sich Federica schon herumzanken musste. Und diese Donata verhält sich ebenfalls so merkwürdig, dass man sie für ein

Fabelwesen halten kann. Findest du nicht auch, dass das alles sehr verwirrend ist?"

Nina lacht. „Ihr seid wirklich schon viel zu erwachsen. Es ist jetzt bestimmt kein Missbrauch, wenn ich einen Spruch aus der Bibel zitiere. Da heißt es auch, man soll sein wie ein Kind. Wir Kinder stellen nämlich nicht so viele misstrauische Fragen, wenn es sich um ungewöhnliche Dinge handelt. Wir können viel besser mit Wundern und Engeln umgehen als ihr. Und wir können uns auch vorstellen, dass es märchenhafte Feen und Elfen und außergewöhnliche Wesen gibt. Wichtig ist nur, dass man erkennt, ob es gut oder böse ist."

„Manchmal ist sie noch ein richtiges Kind, deine Tochter", bemerkt Greta nachsichtig lächelnd. Besorgt wendet sie sich an ihre Freundin. „Und du willst jetzt tatsächlich noch einmal ins Geisterhaus gehen und diese alte Dame befragen?"

Eliza nickt eifrig. „Ich weiß nicht, wer uns sonst helfen könnte. Sicher weiß ich auch etwas über Beate, denn sie hat früher auch schon einmal länger hier gewohnt. Roberto, unseren Autohändler kennt sie auch, und der hatte auch nicht viele gute Worte für Beate übrig. Irgendetwas muss bei ihr doch falsch gelaufen sein. Denn ihr Bruder Benny ist doch ganz anders, ein so netter, freundlicher Mann."

„Das muss sich erst noch herausstellen", bemerkt Greta in düsterem Ton. „Und jetzt wünsche ich dir viel Glück. Willst du nicht lieber einen Hund von Opa Schlumberger mitnehmen?"

Eliza schüttelte den Kopf und schmunzelt. „Oh nein! Ich habe ein gutes Gespür für Menschen, denen ich trauen kann. Und dieser Donata traue ich."

Kapitel 19

Donata ist nicht überrascht, als Eliza vor ihrer Tür steht. „Komm schnell herein, es stürmt draußen, denn morgen zieht ein anderes Wetter heran."

Die junge Frau tritt ein und schließt eilig die Tür hinter sich. „Wirklich? Zieht diese nasskalte Wetterfront endlich fort? Es wäre schön, wenn jetzt zu den Festtagen der Schnee wieder zu uns zurückfände."

Die ältere Dame lächelt. „Jaja, der weiße Schnee, so schön und rein wie eure weißen Schwäne. Aber deswegen bist du nicht gekommen, Liebes. Du hast ganz andere Sorgen. Setzt dich und sage mir, was du auf dem Herzen hast!"

„Es geht um Beate, die Schwester, unseres netten Ladenbesitzers Benny Kohlmeyer. Sie ist vor ein paar Tagen hier aufgetaucht und bringt alles durcheinander. Ihr Bruder hat sich gerade zu ihr sehr großzügig gezeigt, und auch die Prinzessin Federica hat ihr ein fantastisches Angebot gemacht. Aber diese Beate ist giftig wie eine Schlange und nutzt jeden Moment aus, die Menschen rings um sich herum zu ärgern"

Donata bietet ihrem Gast einen bequemen Sessel an und serviert Eliza einen heißen Tee. „Der wird dich jetzt wieder aufwärmen", verspricht sie.

„Was kann man nur gegen diese Frau tun? Und wie kann man verhindern, dass sie ständig ihre Aggressivität gegen unschuldige Menschen richtet?"

„Hast du auch bemerkt, ob sie sich ihrem Bruder gegenüber ebenso aggressiv verhält?"

„Nein, gegen ihn verhält sie sich nicht so bösartig. Aber sie nimmt ihn aus wie eine Weihnachtsgans, denn sie hat ihm jetzt auch wieder einiges Geld abverlangt."

„Sie ist ein armer Mensch", behauptete Donata. „Sie kann das Geld nicht leiden und trotzdem ist es ihr mehr als wichtig. Sie liebt ihren Bruder, aber besitzergreifend wie einen Schatz, und sie spielt mit ihm wie mit einer Puppe."

„Und warum ist sie arm?" will Eliza wissen.

„Sie gehört nicht zu den gesegneten Menschenkindern, die voller

Harmonie sind. Es ist wichtig, dass sie dorthin geht, wo sie ihre volle Kraft entfalten kann."

Eliza sieht die alte Dame fragend an. „Und wo wäre das? Was sollte sie tun, um ihren negativen Energien loszuwerden?"

„In dem Modelädchen, der Boutique, wäre sie vielleicht schon ganz gut aufgehoben, denn sie braucht eine komplizierte Arbeit, in der sie auch ihre komplizierten Gedankengänge loswerden kann."

„Wieso wäre diese königliche Boutique dann eine geeignete Arbeitsstätte?"

„Der Verkauf dort ist nicht einfach. Es wird nicht jeder ein Interesse daran haben, eine solche Kleidung zu kaufen. Überleg dir einmal, wer an diesen Klamotten Interesse haben könnte! Vielleicht Menschen mit Minderwertigkeitskomplexen, die sich wünschen mit exquisiter Kleidung, etwas Besseres, etwas Besonderes zu werden. Sie wünschen sich, dass der Glanz und der Glamour auf sie abfärbt. Vielleicht kommen auch Menschen, die einfach nur außergewöhnliche Dinge sammeln. Auf jeden Fall sind es nicht Menschen, wie du und ich. Beate braucht einige Empathie, um mit ihren hintergründigen Gedankengängen diese Menschen richtig zu beraten. Aber ich vermute, bei dem Aggressionspotenzial, das Donata aufweist, wird sie sich noch anderswo auspowern müssen. Vielleicht eignet sie sich für

Bauchtanz oder Mentalsport, aber vielleicht sollte sie auch einfach nur ein Detektivbüro eröffnen."

Die junge Frau staunt. „Das sind ja interessante Aussichten für diese unangenehm wirkende Frau. Aber wenn ich ihr diesen Vorschlag mache, wird sie von vornherein ablehnen. Wer könnte ihr denn helfen?"

„Du könntest es doch selbst tun, wenn dir Johanna etwas magische Kraft verleiht. Sage Beate, dass sie die einzige Person ist, die den Spuren der Schwanenräuber folgen kann, weil sie eine so ausgezeichnete Spürnase hat. Wenn du sie dabei ausreichend lobst, wird sie sich diesen Schuh anziehen. Aber vergiss nicht, hole dir vorher etwas von dieser stärkenden, himmlischen Magie!"

„Bisher hat sie sich für diese Schwäne noch gar nicht interessiert", wendet Eliza ein.

„Du musst sehr diplomatisch vorgehen. Zeige ihr, dass sie sich bei dieser Mission besonders profilieren und beweisen kann! Stelle ihr Lob, Erfolg und eine Belohnung in Aussicht. Dann wird es klappen."

„Gut, ich glaube dir, und ich will es versuchen." Sie leert ihre Tasse, bedankt sich bei Donata und eilt davon."

Kapitel 20

Der Wind hat die Wolken fortgetrieben, die sternenklare Nacht zeigt ihre funkelnde Schönheit. Johanna und Eliza sehen in den unendlichen Himmel und fühlen sich als Teil eines himmlischen Geschehens. Das Leuchten der Sterne spiegelt das Licht einer hellen Weihnacht. Johanna bittet um einen himmlischen Regen aus liebenden Herzen, der wie ein warmer und sanfter Schauer auf beide herabfällt. Eliza spürt eine magische Kraft in sich, die sie mit Wärme erfüllt. Doch trotz einer ungeahnten Harmonie, die ein friedliches Gefühl in ihr hervorruft, fühlt sie sich angenehm belebt und erfrischt. Überall auf der Haut prickelt es, wie wenn man von den kleinen Sternchen der Wunderkerzen getroffen wird.

„Liebe ist überall", erklärt Johanna. „Du kannst sie im Glauben finden und bei deinen Mitmenschen. Wo sie auch immer herkommt, sie kommt von Gott. Du musst sie nur rufen und dich für sie öffnen. Tief in dir kannst du das Echo hören, und du kannst dich immer wieder neu beleben. Jetzt aber musst du dich von diesem magischen Ort trennen, denn du hast noch etwas vor. Meine Gedanken begleiten dich."

Mit diesen Worten verabschiedet sich das Mädchen von Eliza.

Voller Unternehmungslust bereitet sich die junge Frau auf das

Abenteuer vor, die von vielen gefürchtete Frau auf einen anderen Weg zu bringen.

Eliza findet Beate im Laden ihres Bruders. Sie beschäftigt sich gerade mit dem Umräumen einiger Waren.

„Gut, dass ich dich hier antreffe", beginnt die junge Frau in einem freundlichen Ton. „Die Weihnachts-Engel sagen alle Du zueinander, und jetzt bist du offensichtlich ja auch einer und gehörst zu uns."

„Wie kommst du denn darauf?" fragt Bennys Schwester misstrauisch.

„Wie ich sehe, bist du hier fleißig und entlastest den Chef. Das wird ihm eine große Hilfe sein."

„Alles ist hier völlig durcheinander", schimpft Beate. „Da ist es dringend notwendig, dass hier jemand nach dem Rechten sieht."

„Die Prinzessin Federica hat dich auch gelobt und gesagt, dass du im Basar des Festsaales so viel künstlerischen Geschmack bewiesen hast. Sie ist froh, dass du gerade zu dieser Zeit zurückgekommen bist, und ich glaube, dass es Schicksal ist."

„Schicksal? Wieso denn das? Das klingt sehr dramatisch."

„Nachdem du mit deiner Rückkehr in dieser schlimmen Zeit so viel Empathie bewiesen hast, bin ich ganz sicher, dass du auch die Heldin von San Lorenzo werden kannst", fährt Eliza unbeirrt fort.

Beate runzelt die Stirn. „Willst du mich verschaukeln?"

„Nein, das meine ich im Ernst. Du hast doch sicher bemerkt, wie wichtig den Menschen im Ort die beiden Schwäne sind, nicht nur als Wahrzeichen, sondern auch als Zeichen einer intakten und harmonischen Dorfgemeinschaft. Sie betrachten diese beiden Tiere als Geschenk des Himmels und bewundern sie als prachtvolle Geschöpfe. Sie sind ein Symbol für Liebe und Harmonie."

Beate räuspert sich. „Dann sind sie so eine Art Wetterhahn oder Wetterfrosch? Die Bewohner achten auf sie und empfinden sie als Stimmungsbarometer?"

Die junge Frau schmunzelt. „So ähnlich kann man das auch ausdrücken. Du weißt, dass die Tiere fort sind, und es besteht die Wahrscheinlichkeit, dass sie gestohlen wurden. Ich habe bemerkt, dass du Intuition, ja sogar Instinkte hast, die dich mehr wissen lassen als andere Menschen. Vermutlich wirst du die beiden Tiere aufspüren und vielleicht sogar die Diebe zur Strecke bringen können."

„Möglicherweise könnte ich das, aber was bringt mir diese aufreibende Aufgabe?"

„Ich denke, die Bürger des Ortes wären dir nicht nur weiterhin sehr dankbar, sie zeigen sich nach deinem Erfolg auch bestimmt in pekuniärer Hinsicht großzügig. Sicher bleibt es da nicht bei einem warmen Händedruck. Und wenn du willst, kann ich auch herausfinden, was dein Lohn wäre. Die Heldin wärst du auf jeden Fall."

Beate überlegt einen Augenblick. „Es ist kaum zu glauben, dass die Einwohner dieses Ortes so unfähig sind, ein paar Schwäne einzufangen. Da muss man ganz systematisch und mit Verstand vorgehen."

Eliza stellt sich dumm. „Wie könnte man das denn anfangen? Mit solch einer Suche wäre ich völlig überfordert."

„Das kann ich mir denken. Dazu muss man ja auch Grips haben. Zuerst muss man hier im Ort alle leeren Schuppen und leeren Häuser untersuchen. In den bewohnten können sie sich ja nicht aufhalten, dann hätte man sie ja längst gefunden. Man muss also mit einem

Ausschlussverfahren vorgehen, dann spart man sich viel Zeit."

„Das klingt einleuchtend. Hast du denn einen Stadtplan, auf dem du die Objekte an- und ausstreichen kannst?"

„Natürlich haben wir so etwas hier im Laden", antwortet sie selbstbewusst. „Aber denk bloß nicht, dass ich dich jetzt in meine Pläne einweihe. Ich werde die Schwäne schon bis morgen wieder auftreiben. Um welche Zeit ist für gewöhnlich die Feier am See?"

„Wenn es dunkel wird, am späten Nachmittag. Aber in der Dorfchronik steht, dass sie spätestens bis Mitternacht gefüttert werden müssen, sonst sei das jährliche Ritual nicht genügend eingehalten."

„Und wann ist die Feier in der Festhalle?"

„Kurz danach, und die einsamen und älteren Leute und alle die in Gesellschaft feiern wollen, dürfen dableiben, solange sie wollen. Alle anderen gehen dann heim zu ihren Familien, um privat weiterzufeiern."

„Das werde ich auf jeden Fall schaffen", verspricht Beate. „Die Leute von San Francisco werden sich wundern."

Eliza schmunzelt. „San Lorenzo. Soll ich dir in irgendeiner Weise helfen?" bietet sich die junge Frau an.

„Auf gar keinen Fall! Das könnte dir so passen, damit du nachher die Lorbeeren erntest! Nein, nein! Das mache ich alles allein, und meine Pläne verrate ich dir auch nicht."

„Das musst du auch nicht, denn ich traue dir einiges zu. Außerdem kannst du dir vorstellen, dass wir Weihnachtsengel auch noch die letzten Augenblicke vor dem Fest ausnutzen und einiges vorbereiten müssen. Greta und ich müssen noch die Geschenke unter den großen Baum in die Festhalle legen. Es war gar nicht so einfach, auch für alle Chorkinder etwas Passendes zu finden."

„Ich hoffe, ihr habt alles hier im örtlichen Laden gekauft und nicht die Supermärkte anderer Orte reich gemacht!"

„Nicht nur wir haben bei Benny sehr viel eingekauft, sondern auch die

Prinzessin mit ihrem ganzen Hofstaat. Ich denke, dein Bruder hat im Dezember ganz gut verdienen können. Du musst dir also keine Sorgen machen."

„Dann hoffen wir einmal, dass auch meine Belohnung dementsprechend großartig ausfällt", grummelt sie. „Und jetzt brauche ich meine Ruhe. Du kannst also abtreten!"

Kapitel 21

Greta verteilt die Kuchen auf dem langen Buffet im Festsaal. „Ich bin gespannt, was Beate erreicht. Traust du ihr wirklich zu, dass sie ihre Sache gut macht?"

Eliza verteilt duftende Plätzchen in die Schalen und stellt sie auf die mit Tannenzweigen geschmückten, langen Tische.

„Ich denke schon, dass sie sich Mühe geben wird, denn sie will ja allen etwas beweisen."

„Immerhin muss ich mich eigentlich in Gedanken bei ihr entschuldigen, nachdem mir unser guter Bürgermeister Enrico berichtet hat, dass mein lieber Benny die Prinzessin selbst auf ihrer Suche nach den Schwänen begleitet hat. Das fand ich schon sehr ordentlich von ihm, dass er da so spontan eingesprungen ist. Dann hat mir Beate in diesem Punkt wenigstens die Wahrheit gesagt. Benny war wirklich nicht da, als ich ihn besuchen wollte."

„Und warum hat er dich nicht benachrichtigt? Er hätte dich anrufen können."

„Das war leider auch nicht möglich. Weil er so im Stress war, hatte er vergessen, sein Handy wieder aufzuladen. Und deswegen konnte er mir auch nicht Bescheid geben. Benny hat vorhin eine Nachricht auf mein Telefon gesprochen und sich schon bei mir entschuldigt. Es wird wohl ziemlich spät werden, bis er kommt, meint er. Wahrscheinlich schneit er in der allerletzten Minute hier herein."

„Konnten sie dann etwas erreichen, Benny und die Prinzessin?"

Greta seufzt. „Leider haben sie nicht die kleinste Spur von den Schwänen entdeckt, und jetzt müssen sie sich alle erst noch in Festtagskleidung werfen. Selbst die Prinzessin ist dadurch ein wenig in Stress gekommen, und ihre Freundin Lamina ist ihr zu Hilfe geeilt, um sie noch festlich herauszuputzen." Sie sieht die Freundin erwartungsvoll an. „Und wie ist jetzt der Ablauf hier geplant? Hat sich dadurch etwas verändert?"

Eliza faltet die Servietten. „Weil es pünktlich für das Weihnachtsfest draußen angefangen hat zu schneien, versammeln sich alle Gäste erst einmal hier in der Halle. Dann gehen wir gemeinsam zum

Weiher hinüber und warten auf das Wunder."

Gretas Augen leuchten. „Wenn alle Menschen dann ganz fest hoffen und glauben, und deine Donata ein paar Wünsche in den Himmel schickt und dann auch die liebe Johanna ein paar rote Herzen vom Himmel holt, werden die Schwäne sicher Mitleid für uns empfinden. Sie kommen durch die Lüfte angerauscht, während ihre weißen Schwingen von den Sternen der Schneeflocken bedeckt werden."

„Ein schönes Wunschbild", findet Eliza. „Haben wir genug Zucker?"

Greta geht zur Kommode und holt den Zuckervorrat heraus: drei Tüten feinsten Kristall-Zuckers. „Damit können wir dem ganzen Ort das Leben versüßen."

In diesem Moment kommen Gabi und Natalie Arm in Arm langsam schlendernd in den Saal. Beide tragen schicke Web-Pelzmäntel, die sich verblüffend ähnlichsehen, dazu schmücken sie sich mit weißen Handschuhen, weißen Schals und roten plüschigen Mützen.

„Hier sind wir", wendet sich Gabi provozierend an Eliza. „Sehen wir nicht aus wie siamesische Zwillinge?!"

„Offenbar habt ihr den gleichen Geschmack", antwortet junge Frau fröhlich. „Und ich freue mich, dass ihr auch an unserer Feier teilnehmen wollt. Es ist schön, dass unser Ort jetzt wieder zusammenhält."

„Auf den Hund sind wir allerdings noch nicht gekommen", bemerkt Natalie grinsend. „Aber wer weiß, noch hat Herr Schlumberger die Tierchen nicht weggegeben. Tatsächlich waren wir immer schon sehr tierlieb, aber jetzt überlegen wir es uns doch, ob man eine Hundehaltung mit unserem Beruf verknüpfen sollte."

„Wenn Romeo und Julia nach ihrer Mutter kommen, dann könnten sie eure idealen Begleiter werden. Aber ein bisschen dementsprechende Erziehung gehört schon auch noch dazu."

„Das wird sich alles zeigen", findet Gabi. „Wir haben nämlich einige neue Aufträge bekommen, seitdem wir uns als Zwillinge zeigen. Aber das bedeutet nicht, dass wir jetzt alles gemeinsam machen. Unsere eigene Individualität haben wir uns schließlich mühsam genug erarbeitet, da müssen wir nicht gleich wieder alles über den Haufen werfen."

„Aber trotzdem genießen wir jetzt häufig einen gemütlichen, gemeinsamen Abend", verrät Natalie. „Es ist eben doch nicht zufriedenstellend, wenn man immer allein ist. Aber denkt bloß nicht, ihr hättet das fertig gebracht. Johanna war bei uns, und sie hat uns erzählt, auf welche verschiedene Arten man sich die Sterne vom Himmel herunterholen kann. Aber dazu hat sie uns gemeinsam eingeladen und uns beiden gezeigt, wie dumm wir waren, noch heute aufeinander eifersüchtig zu sein. Wir haben mit einem schönen Abschiedsritual diese Fehler unserer Vergangenheit hinter uns gelassen."

„Du musst nicht immer alles verraten", schimpft Gabi.

Greta winkt ab. „Auch Unsinn! Das wissen hier doch alles längst über Johanna. Sie kann halt ein bisschen zaubern und zeigt uns, wie man besser leben kann. Wir alle machen Fehler, aber es ist auch wichtig, dass man sich und anderen verzeiht. Und mit diesen hübschen kleinen Ritualen von Johanna kann man die Vergangenheit besser hinter sich lassen. Einmal haben wir winzige erleuchtete Boote aus Papier ins

Wasser geschickt, um uns von negativen Gedanken zu trennen."

Eliza lächelt. „Oh ja, ich erinnere mich daran. „Wir waren siebzehn und hatten Liebeskummer. Aber am anderen Tag mussten wir die kleinen Schiffe auch wieder aus dem Wasser fischen, das war weniger angenehm."

„Habt ihr denn was von den Schwänen gehört?" erkundigt sich Natalie.

„Beate ist ihnen auf der Spur, und ich denke, sie wird ihr Bestes geben", berichtet Greta.

Neue Stimmen erschallen in dem großen Raum.

Die nächsten Gäste betreten den Saal: Frauen, Männer und Kinder aller Altersstufen, unter ihnen befinden sich auch Leonie mit ihrem Freund Angelo, Herr Schlumberger, Herr Roth, der Bürgermeister Enrico und Amanda. Wenige Augenblicke später erscheint die Prinzessin mit ihrer Freundin Lamina und dem Kinderchor.

Zunächst begrüßt der Bürgermeister kurz die Anwesenden und lädt alle ein, die Weihnachtsstimmung weiter zu verbreiten und die Hoffnung, auch auf die Wiederkehr der Schwäne, zu bewahren.

Nach einem großen Beifall überlässt er der Prinzessin Federica das Wort, die dankbar in die Runde blickt. „Es ist wirklich sehr schön, dass jeder von euch mitgeholfen hat, die akuten Probleme zu lösen, und das gibt uns Mut für die Zukunft. Lasst euch gleich von den Kinderstimmen verzaubern und nehmt den Gesang in eurer Seele und in euren Herzen mit. Mit dieser Kraft wollen wir danach auch zum Weiher hinausgehen und die kleine Gedenkstunde für unsere weißen Freunde abhalten. Ich wünsche euch allen eine gesegnete Weihnachtszeit!"

Nachdem ein erneuter Beifall verhallt ist, lauschen die Anwesenden den reinen und glockenhellen Kinderstimmen des Chores, dem Federica die Seele verliehen und ihr Herzblut geschenkt hat.

Die Zuhörer spüren und hören andächtig, mit welcher Innigkeit die feierlich klingenden Töne nicht nur rein und gleichzeitig spielerisch gesendet werden, sondern ahnen, dass diese Gesänge fröhlichen, hoffnungsvollen Kinderherzen entspringen. Schallend und in Wellen schwingend lassen sich die Melodien im Wind hinaustragen.

Manch einer nimmt jetzt sein Taschentuch und wischt sich eine Träne der Rührung aus den Augenwinkeln.

Nach einer kurzen andächtigen Pause, ergreift noch einmal der Bürgermeister das Wort. „Auch den Weihnachtsengeln wollen wir Dank sagen und mit ihnen jetzt ans Wasser gehen. Im Anschluss an unsere kleine Schwanenfeier, dürft ihr euch hier wieder einfinden, um alles zu probieren, was euch im Saal so schmackhaft und aromatisch entgegenduftet. Und alle, die noch nicht beschenkt worden sind, finden unter dem Baum eine Kleinigkeit. Allen Bewohnern unseres Ortes wünsche ich nun weiterhin einen guten Zusammenhalt und euch im Einzelnen eine friedvolle Weihnachtszeit!"

Damit gibt er den Weg frei für die Gäste, die sich in einem fließenden Strom nach draußen bewegen.

Am Weiher versammeln sich die Menschen rings um das Ufer herum und lassen einen Platz frei für Roberto, der mit seinem Rollstuhl bereits an einer flachen Stelle wartet.

Amanda löst sich aus der Menge und geht zögernd auf ihn zu. Als er die Hand nach ihr ausstreckt, wagt sie es, auf ihn zuzulaufen und seine ausgestreckte Hand zu ergreifen.

„Bleib bitte!" sagt er leise, und sie stellt sich aufrecht neben ihn, fast so gerade wie ein Wachsoldat. Nur ein winziges glückliches Lächeln in der Dämmerung, kaum wahrnehmbar, lässt ahnen, was sie jetzt fühlt.

Auch Greta entdeckt in der wartenden Menschenmenge ihren zurückgeeilten Benny und winkt ihm eifrig zu.

Eliza stößt die Freundin an. „Jetzt gibt es für dich auch noch einen schönen Abend."

Es dauert eine ganze Weile, bis Herr Kohlmeyer bei den beiden Frauen angekommen ist. Liebevoll legt er den Arm um Gretas Schultern. „Entschuldige bitte, dass ich dir nicht mehr Bescheid gesagt habe, aber trotzdem hoffe ich, dass du mich sehr vermisst hast."

Sie zwinkert ihm zu. „Ich hatte kaum Zeit dich zu vermissen, denn wir hatten wahnsinnig viel Arbeit. Aber ich würde dich tatsächlich Weihnachten vermissen, wenn wir da keine Gelegenheit hätten, uns zu sehen."

„Keine Sorge! Ich habe meiner Schwester schon Bescheid gesagt. Wenn sie sich anständig benimmt, darf sie auch ein paar Stunden mit uns gemeinsam verbringen, aber die restliche Zeit des Tages gehört dann uns, das muss sie einsehen. Denn jetzt habe ich dich einmal gefunden, und jetzt lass ich dich auch nicht mehr los."

Die Prinzessin bittet höflich um Ruhe und hebt die Arme zum Dirigieren.

Andächtig lauschen die Umstehenden verschiedenen Kinderliedern über Schwäne, dem bekannten Lied der „Zwei Schwäne" und dem Schwanenlied aus dem „Karneval der Tiere", zu dem Federica einen eigenen Text geschrieben hat.

Romantisch, sanft und süß klingen die leisen Kinderstimmen und der Wind webt seine Wellen hinein.

Alle sehen auf den dunklen See und hoffen auf ein Wunder, aber es tut sich nichts, die kleine Insel bleibt leer. Hoffnungsvoll wandert mancher Blick in den Himmel, wartet auf das Vogelpaar, das den Festakt krönen soll.

Doch stattdessen hört man aus der Ferne eine Art Geschnatter, merkwürdige Rufe, und als das Geschrei näherkommt, entdecken die Anwesenden, dass es Beate ist, die diese merkwürdigen Geräusche ausstößt.

Mit einer Gerte in der Hand treibt sie zwei große weiße Tiere vor sich her, die sich wenig elegant über die Wiese bewegen.

Als die aufgeregte Frau am Teich angekommen ist, hebt sie die Arme und schreit: „Ich hab es geschafft! Ich hab sie gefunden. Jemand hatte sie versteckt, und ich habe es entdeckt."

Ein Beifall rauscht durch die Luft und die beiden Schwäne flattern eilig in das rettende Nass, in den heimatlichen kleinen See.

Ein Stimmengewirr bricht los, jeder möchte wissen, was passiert ist, wo die Tiere versteckt waren, und wer sie versteckt gehalten hat.

„Ich habe sie neben dem kleinen leerstehenden Haus, am Rand des Ortes, in der Waldstraße 13 gefunden", berichtet Beate. „Dort wohnt aber niemand, ich habe es gerade noch einmal überprüft. Weiß der Kuckuck, wer diese armen Tierchen dort versteckt hielt.

Allerdings sehen sie gut gefüttert aus und scheinen auch nicht gelitten zu haben."

„Gestern und heute Morgen haben wir noch in diesem Schuppen nachgesehen", berichtet Benny, „und die Prinzessin selbst ist meine Zeugin. Der Schuppen war bis dahin leer. Dann muss sie jemand vor ein paar Stunden dorthin gebracht haben. Da wird es jetzt schwierig werden, den Täter zu finden."

„Er ist jetzt nicht wichtig", findet die Prinzessin. „Seht nur, die beiden sind wieder auf ihre kleine Insel zurückgekehrt! Wo ist Maria? Bei ihr befindet sich auch das vorbereitete kleine Boot, das Floß. Jetzt darf sie unsere Freunde begrüßen, und wir wollen noch einmal dazu das Schwanenlied singen."

„Ich werde sie holen", verspricht Johanna, die sich am Rand versteckt hielt. „Inzwischen dürft ihr noch ein paar fröhliche Weihnachtslieder klingen lassen, damit die Luft von Freude erfüllt wird!"

Sie eilt davon, und Federica gibt den Ton an, worauf der Chor die Umstehenden mit der lebhaft klingenden Freude der alten Weihnachtslieder ansteckt.

Es dauert nicht lange, da kehrt Johanna zurück, liebevoll hält sie die kleine Maria im Arm. Angelo und Leonie folgen ihr mit dem kleinen beleuchteten Floß und setzen es ins Wasser.

Die Prinzessin selbst hebt die kleine, in einen warmen Plüschmantel gehüllte Maria hoch und setzt sie behutsam auf das schwimmende Gefährt.

Johanna, die jetzt lange Stiefel trägt, begleitet das Floß durch den flachen See. Als die beiden Mädchen an der kleinen Insel angekommen sind, öffnet Maria ihren Mantel und holt den großen Futtersack hervor, den sie sofort öffnet und Teile davon in eine Schale füllt. Geduldig und majestätisch stehen die Schwäne an ihrem angestammten Platz und beobachten das Kind.

Mit einem Mal bewegen sie sich auf das Mädchen zu und bedienen sich selbst aus Marias Händen. Die Kleine lächelt überglücklich, und ihre Augen beginnen zu strahlen.

Die Zuschauer am Uferrand sehen still zu, wie zutraulich sich die Tiere zeigen und nehmen freudig wahr, dass sich die Schwäne offenbar wieder heimisch fühlen.

Nachdem Maria das Futter in die Schalen verteilt hat und wieder mit dem Floß ans Ufer zurückgekehrt ist, lässt die Prinzessin noch einmal das Lied vom Schwan aus dem „Karneval der Tiere" erklingen und die Fest-Besucher summen leise mit.

Viele der Anwesenden sind bewegt, und keiner wagt es mehr, die stille Stunde durch einen lauten Beifall zu entweihen.

So fühlt sich dann Federica dazu aufgefordert, ein Schlusswort zu sprechen.

„Ich danke euch allen, die ihr dazu beigetragen habt, unseren Ort wieder leben zu lassen. Jetzt wollen wir die Schwäne allein lassen, damit sie sich von ihrer abenteuerlichen Reise, wo auch immer sie waren, wieder erholen können. Und euch alle, meine lieben Freunde und lieben Bürger, euch bitte ich, im Festsaal den Abend weiter zu genießen, solange ihr wollt. Ein Stündchen bleibe ich auch noch bei euch, doch dann gehört der Rest des Tages meiner Familie. Und nun wünsche ich euch gesegnete Feiertage!"

Danach lässt sie es sich nicht nehmen, Johanna und Maria in die Halle zu begleiten. Während sich die Kinder des Chores über die Geschenke freuen, unterhält sich Federica mit dem immer noch kränklichen Kind und beobachtet, wie es jetzt aus lauter Freude aufzublühen beginnt.

„Das war der schönste Tag in meinem Leben", sagt Maria. „Jetzt wird sich auch der Heilige San Lorenzo freuen."

Kapitel 22

Ganze zwei Stunden bleiben Eliza und Greta mit ihren Kindern noch in der Festhalle. Danach trennen sie sich mit fröhlichen Wünschen von den übrigen Gästen.

„Ich gehe noch ein bisschen zu meinem Freund", beschließt Jakob und sieht seine Mutter entschuldigend an.

„Kein Problem! Benny und Beate haben mich für den restlichen Abend eingeladen. Aber da die Schwester meines Freundes vorher noch zu Prinzessin Federica kommen soll, um ihren neuen Arbeitsvertrag zu unterschreiben, haben wir, Benny und ich, noch eine ganze Zeit für uns allein. Wir sehen uns dann später, mein Sohn."

Er grinst. „Du kannst ruhig lange bleiben, genieße den Abend! Federico und ich, wir probieren das Weihnachtsgeschenk aus, dass er von seinem Großvater bekommen hat."

Die Mutter sieht ihn interessiert an. „Was ist es denn? Hoffentlich nichts Gefährliches, dieser Federico hatte doch immer schon so ein Faible für Rennautos."

„Nein, wir forschen nur ein bisschen. Aber es sind lange nicht so gefährliche Experimente, wie die von Hieronymus."

„Wer war noch mal Hieronymus?" fragt Nina.

„Das war der Sohn der Hexe Nüssli, aber der hat jetzt genug mit seinem

Weinberg zu tun. Die Umweltverschmutzung hat noch keiner gestoppt, und da muss er ständig neue Mittel erfinden."

„Seid aber vorsichtig", mahnt Greta und wendet sich an ihre Freundin. „Und was macht ihr beide jetzt?"

Eliza schmunzelt. „Nina möchte auch noch für ein paar Stündchen zu ihrer Freundin, sie wollen sich einen Film anschauen, der kürzlich über das Leben unserer Prinzessin gedreht wurde. Aber nachher machen wir auch noch eine private Bescherung."

„Und wohin gehst du jetzt?" will Greta wissen.

„Ich muss unbedingt noch einmal zu Donata. Die Sache mit den Schwänen lässt mir einfach keine

Ruhe. Ich will sie fragen, ob sie etwas damit zu tun hatte."

„Vielleicht hatte sie die Tiere versteckt", vermutet Nina. „Möglicherweise wollte sie, dass in unserem Ort alles wieder friedlicher wird."

„Ich werde sie fragen, und euch davon berichten. Aber jetzt muss ich dringend gehen, denn sonst ist es zu spät. Eventuell macht mir dann Donata die Tür nicht mehr auf."

Eliza und ihre Freundin verabschieden sich mit einer Umarmung, die Kinder winken sich zu.

Inzwischen schneit es wieder heftiger, aber die Straßenlaternen erleuchten die fallenden

Schneeflocken und bilden einen hellen flockigen Himmel. Die junge Frau kommt sich vor wie in einer Kathedrale und summt ein Weihnachtslied vor sich hin.

Als sie an der Waldstraße ankommt, trifft sie auf Enrico, den Bürgermeister.

„Was machst du denn hier?" erkundigt er sich erstaunt.

„Ich wollte mir einmal das Haus anschauen und den Stall, in dem Beate die Schwäne gefunden hat."

„Das habe ich auch gerade gemacht, denn ich habe einen Schlüssel zu dem Gebäude."

Eliza staunt. „Du hast einen Schlüssel? Dann warst du bestimmt in dem Haus drin."

Er lacht. „Natürlich. Ich wollte doch schauen, ob sich da jemand versteckt hat. Aber da ist nichts und niemand. Es ist alles noch so, wie es damals verlassen worden ist."

„Bist du sicher?" fragt sie misstrauisch.

Er nickt eifrig. „Ja, wenn du willst, können nur noch einmal gemeinsam nachschauen. Aber ich habe alles überprüft, jeden einzelnen Raum. Ich habe sogar den Stromzähler angeschaut und mit dem damals notierten Zählerstand abgeglichen. Es ist noch alles beim Alten. Nicht ein einziges Kilowatt ist dort durch die Leitungen geflossen."

Die junge Frau denkt einen Augenblick nach. Wie war das gewesen? War sie von Donata immer nur im Kerzenlicht empfangen worden, oder waren auch verschiedene Lampen erleuchtet gewesen? Sie kann sich nicht genau erinnern, nur noch an das etwas dämmrige Licht.

„Du bist also ganz sicher, dass dort in der letzten Zeit niemand gewohnt hat?!"

Er sieht sie verwundert an. „Ja, aber was hast du nur? Es ist doch bekannt, dass sich dort seit Jahren niemand mehr aufgehalten hat."

„Aber wenn sich dort ein … ein Wegelagerer, ein Obdachloser oder ein illegaler Einwanderer aufgehalten hat? Wie willst du das überprüfen, wenn er vielleicht nur Kerzen benutzt hat?"

„Ich habe so meine Methoden, das überprüfen zu können", antwortet er schmunzelnd. Tatsächlich habe ich dieses Haus jedes Jahr ein paar Mal untersucht, um zu schauen, dass sich da kein Getier einnistet. Es gibt ja auch noch Mäuse oder andere unliebsame Gäste. Deswegen habe ich auch alle Türen mit besonderen Zeichen versehen, so eine Art Klebefolie, an der man genau feststellen kann, ob sie entfernt wurde oder nicht. So kann ich dir genau sehen, ob jemand im Haus war oder nicht."

Eliza stutzt. „Und was war mit dieser Klebefolie? Ist sie entfernt worden?"

Enrico lacht. „Ich glaube, du hast etwas zu viel von dem Glühwein getrunken. Warum glaubst du mir das nicht, wenn ich dir sage, dass in den letzten Monaten keiner dieses Haus betreten hat?"

„Ich habe keinen Glühwein getrunken. Ich war gestern noch in dem Haus", sagt die junge Frau patzig.

Sein Lachen schallt durch die Abendluft. „Dann hast du vielleicht zu viel vom Sekt genascht", scherzt er weiter. „Oder von den Alkoholpralinen, von denen die Prinzessin Federica so großzügig einige Kartons gestiftet hat. Ja, sie weiß, was schmeckt. Und sie hat es lange Zeit miterlebt, wie es ist, wenn man unter Einschränkungen lebt."

„Komm nicht vom Thema ab!" mahnt sie ihn. „Was war jetzt mit diesen Klebestreifen?"

„Es war alles noch so, wie ich es vor Monaten verlassen habe."

Eliza lässt nicht locker. „Aber das glaube ich nicht. Vielleicht hat jemand die alten Streifen abgemacht und die Türen mit neuen Streifen versehen."

„Du kennst meine Tricks nicht. Ich bin nicht umsonst euer Bürgermeister geworden. Ich habe mir die Klebestreifen selbst zugeschnitten und mit eigenen Farben versehen, damit sie nicht einfach so nachgemacht werden können. Und sie waren noch so fest dran, dass ich sie mit meinem Spezial-Lösemittel entfernen musste."

Die junge Frau stöhnt. „Und was war jetzt mit den Schwänen? Konnte

Beate die Tiere wirklich in dem Schuppen finden?"

„Ja, die müssen kurzfristig in diesem halboffenen Verschlag gewesen sein, aber nur für wenige Stunden. Man wird sicher nicht mehr herausfinden, wo sie sich vorher so gut versteckt hielten. An einen Dieb glaube ich jetzt nicht mehr. Vielleicht waren die Schwäne wirklich unterwegs, um sich ein alternatives Heim zu suchen. Und weil es nichts gab, das ihnen gefiel, sind sie zurückgekehrt. Damit ist der Fall abgeschlossen. Ich habe aber dort am verlassenen Haus noch eine einzige Schwanenfeder gefunden. Und die habe ich dir mitgebracht." Er greift in seine Jackentasche und holt eine weiße Schwanenfeder hervor.

„Hier! Die ist für dich. Das soll ein kleines Andenken sein an diese besondere Weihnachtszeit."

Wie im Traum greift sie nach der Feder. Sie ist so leicht, dass sie wegfliegen will, aber die junge Frau hält sie fest wie einen Schatz.

„Du bist sehr nachdenklich", findet er. „Du brauchst jetzt etwas Entspannung. Ich wollte mich auch noch bei dir für all das bedanken, was du für die Bürger dieser Stadt getan hast. Deswegen will ich dich und Greta und das übrige Festkomitee im neuen Jahr zu einer kleinen privaten Feier einladen, und dabei möchte ich euch ein Dankeschön sagen."

„Das mache ich doch gern. Ich habe überhaupt alles gern getan, aber du hast schon recht, vielleicht bin ich wirklich etwas verwirrt. Es war halt auch ein bisschen Stress dabei."

„Das glaube ich dir gern. Und deswegen wollte ich dich auch noch für ein Stündchen am heutigen Abend einladen. Magst du nachher noch auf ein Gläschen Wein zu mir kommen?"

Sie überlegt einen Augenblick. „Wenn es dir nicht zu spät wird, ja, dann gern. Aber zuerst muss ich noch zwei lieben Menschen kurze Besuche abstatten."

Er lächelt sie an. „Lass mich raten! Albert Biermann ist nicht zum Fest erschienen, obwohl er mir gesagt hat, er käme vielleicht. Um den hast du dich doch immer besonders gekümmert."

„Richtig bei ihm muss ich unbedingt noch vorbeigehen. Ich will nachschauen, wie es ihm heute geht. Und unserer lieben Johanna wollte ich auch noch Danke sagen."

„Dann geh lieber gleich", sagt er. „Umso schneller bist du wieder zurück. „Und ich werde schon eine schöne Flasche Rotwein für uns öffnen. Dann hat er, wenn du kommst, gerade die richtige Temperatur."

„Viel Glück!" wünscht er ihr noch, als sie davoneilt, aber sie hört es schon nicht mehr.

Ein paar Straßen weiter liegt das Haus des Bildhauers im Dunkeln da. Eliza klingelt und klopft gleichzeitig an die Tür.

Für Eliza scheint es eine Ewigkeit zu dauern, aber es sind nur wenige Sekunden, nach denen sich die Tür einen Spalt breit öffnet.

„Ich wollte nur einen gesegneten Weihnachtsabend wünschen", sagt die junge Frau leise.

Er antwortet ebenso leise. „Das ist schön. Ich danke dir! Du musst dir keine Sorgen um mich machen, du kennst das ja bestimmt, wie das ist, wenn man besondere Gefühle ganz allein erleben will."

Sie sieht ihn fragend an. „Sind es denn gute Gefühle?"

Albert nickt bedächtig. „Ich bin gerade im Wintergarten und habe dort die Lieblingsmusik meiner Frau zum Klingen gebracht. Sogar einige

Kerzen brennen und verschönern uns denn Weihnachtsabend."

„Die Holztiere waren so schön", lobt sie ihn. „Die Kinder haben sich sehr darüber gefreut und werden sich auch noch bedanken. Und was ist jetzt aus dem Marmorblock geworden?"

„Wir schauen ihn uns gerade an, im Licht der Weihnacht, und ich weiß, dass mir meine Frau gerade jetzt zulächelt, denn sie hat mir den ganzen Abend Mut gemacht. Ich werde bald anfangen, das Geheimnis des Blocks zu lüften, das Material, das die Figur verschleiert, lösen und die Statue von ihrer Umhüllung befreien."

„Werden es Schwäne?" fragt sie leise.

„Nein, und es wird auch nicht die Abbildung meiner Frau. Denn ich brauche sie nicht in Stein, ich habe sie als lebendige Seele neben mir und fühle sie."

„Willst du mir denn verraten, was du aus der Erstarrung erlösen wirst?"

Sein verträumter Gesichtsausdruck öffnet sich dem Leben. „Warum nicht?! Du wirst es auch als Erste sehen können. Es werden zwei Engel sein, die man im Park des Ortes aufstellen sollte. Denn ihre Botschaft ist für diese Menschen hier."

Sie sieht ihn fragend an. „Sind es Engel der Nächstenliebe?"

„In gewisser Weise schon. Der eine hält eine Uhr in den Händen, um den Menschen zu sagen, wie wichtig die

Zeit ist, gerade die Zeit, um für andere Menschen da zu sein. Der andere Engel spielt auf der Geige, um zu zeigen, dass die Musik der Weg zueinander sein kann. Der Gedanke ist mir gekommen, nachdem mich Federica mit ihrem Kinderchor besucht hat. Da habe ich genau gespürt, was mir meine Frau sagen will. Und jetzt will ich auch keine Zeit mehr verlieren."

Eliza lächelt. „Dann will ich dich auch nicht länger abhalten, und ich wünsche dir einen gesegneten Weihnachtsabend."

Auf seinem Gesicht erscheint ein dankbares Lächeln. Ohne ein weiteres Wort, so als wäre alles gesagt, schließt er die Tür.

Die junge Frau atmet auf. Er wird sein eigenes Fest haben, denkt sie sich, auf seine ganz eigene Art und Weise.

Das Schneetreiben wird stärker, Eliza schaut auf ihre Uhr und überlegt, ob es tatsächlich noch passt, Johanna um diese späte Zeit zu stören. In diesem Moment fallen ihr Alberts Worte über die Zeit ein, und sie beschließt, keine Minute zu verlieren.

So in Gedanken versunken stößt sie fast mit einer dick vermummten Gestalt zusammen. Im Schein einer Laterne erkennt sie Johanna, die ihr fröhlich lächelnd entgegenkommt.

Das Mädchen hält ein liebevoll verpacktes Geschenk in den Händen und reicht es der jungen Frau. „Ich will dir auch ein kleines Dankeschön bringen für deine Arbeit als Weihnachtsengel."

Eliza nimmt das Päckchen entgegen. „Das ist ganz lieb von Dir! Danke! Weißt du etwas über Donata?" fragt sie besorgt.

„Sicher ist sie wieder dorthin zurückgekehrt, woher sie gekommen ist", antwortet das Mädchen geheimnisvoll.

„Aber du bist dir sicher, dass ich nicht geträumt habe?! Alle würden mich für verrückt halten, wenn ich meine Erlebnisse mit Donata erzählte. Unser Bürgermeister behauptet, dass sich niemand im Haus aufgehalten hat."

„Nicht jeder Mensch kann hören, was die Hunde hören. Und nicht jeder Mensch kann sehen, was manche andere Menschen sehen. Darüber musst du dir keine Gedanken machen. Das hat die Natur so vorgesehen. Alles, was du erlebst, ist auch wahr."

„Dann war es also wirklich Donata? Sie war hier, um Menschen zu helfen? Und was war mit den Schwänen? Hatte sie die irgendwo versteckt?"

Johanna lächelt. „So viele Fragen! Aber sie sind nicht wichtig. Donata ist nach Hause zurückgekehrt, wo auch immer das sein mag. Die beiden Schwäne haben ihr Abenteuer gut überstanden und fühlen sich jetzt wieder bei uns wohl, das ist es doch, was wichtig ist. Es wird hier nicht immer so friedlich bleiben wie gerade jetzt zu Weihnachten. Die Welt ist kein Paradies, und es werden täglich neue Probleme auf alle Menschen hier zukommen. Aber dieses Weihnachtsfest hat gezeigt, dass man Probleme lösen kann und es sich lohnt, daran zu arbeiten."

„Du hast auch sehr viel dazu beigetragen, dass sich viele Dinge verbessert haben", stellt Eliza fest. „Du hast deine magischen Kräfte sehr gut eingesetzt. Bist du jetzt nicht völlig erschöpft?"

Das Mädchen lächelt. „Der Himmel gibt reichlich, wenn man ihn darum bittet. Willst du dein Geschenk nicht öffnen?"

„Jetzt? Hier?"

„Natürlich, und ich kann dir auch schon verraten, was darin ist, denn beim Anblick allein wirst du nicht wissen, was dieses Erinnerungsstück zu bedeuten hat."

Die junge Frau öffnet das Paket und entdeckt einen großen Stein.

„Ist das ein besonderes Gestein?"

„Er ist vom Himmel gefallen, als kleiner Teil eines großen Kometenschwarms, und er soll dir zeigen, dass der Himmel immer Überraschungen bereithält, und zwar für alle Menschen, die daran glauben."

„Du meinst, man soll an die kleinen und großen Wunder glauben?"

„Ja, denn nur dann können sie auch geschehen, und damit kannst du mehr aus deinem Leben machen."

„Von den erfreulichen kleinen Weihnachtswundern hatten wir heute eine ganze Menge. Ich habe noch nie so viele Menschen an einem Ort gesehen, die so berührt waren. Als die kleine Maria so überglücklich zu den Schwänen schwebte, haben so viele ein Mitgefühl gehabt, schwiegen ergriffen. Sicher geht es Maria jetzt wieder besser."

„Ja, das konnte ich eben feststellen, als ich sie kurz besuchte. Die Freude hat ihr Immunsystem ganz schön angekurbelt. Bei deiner Freundin Greta war ich auch gerade, und ich bin froh, dass sie mit Benny der armen Beate helfen will, einen eigenen Weg zu finden."

„Das wird sicher nicht leicht sein", glaubt Eliza. „Menschen mit so viel Aggressionen in sich ecken oft überall an."

„Das ist nicht das Schlimmste", weiß Johanna. „Das große Unglück ist, dass man solche Menschen nicht als liebenswert empfindet, und deswegen werden sie oft nicht genügend geliebt. Aber Federica wird sie aus der Ferne im Auge haben und aufpassen, dass sie ihre inneren Unruhen immer gut herauslassen kann. Wir haben schon darüber gesprochen, und die Prinzessin wird ihr eine Mitarbeiterin schicken, die sie für einige sportliche

Betätigungen begeistern soll. Das wird ihr guttun."

Eliza atmet auf. „Dann kann man also auch dort auf eine Besserung hoffen. Es ist sicher nicht das letzte Mal, dass wir die Weihnachtsengel spielen."

Die Augen des Mädchens leuchten. „Ich wünsche dir einen schönen Weihnachtsabend gemeinsam mit Enrico! Und vergiss es nie, wenn es einmal ganz schlimm wird: Dann denk an das Symbol der Schwäne, an die Liebe und auch an das Verzeihen! Dabei sollten wir uns auch ein Beispiel an Federica nehmen, denn sie kann uns mit Melodien im Alltag und zu besonderen Festtagen zu einem Finale mit Musik im Herzen führen. Das Leben ist oft schwer, gibt auch Aufgaben, die unlösbar erscheinen. Du wirst auch wieder in solche Situationen geraten, du wirst Streit haben und verletzt werden, du wirst traurig sein und enttäuscht werden. Du wirst wütend sein, und vielleicht sogar hassen. Aber dann denk an die Musik und versuche es den Komponisten gleich zu tun, denn der Schlussakkord, der endet immer in Harmonie."

ENDE